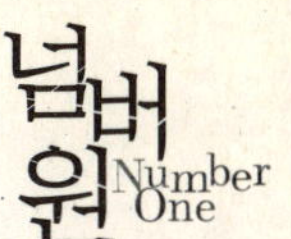
넘버
원
Number
One
FUSION FANTASTIC STORY
천륜 장편 소설

넘버원 5

천륜 장편 소설

초판 1쇄 찍은 날 § 2013년 2월 14일
초판 1쇄 펴낸 날 § 2013년 2월 20일

지은이 § 천륜
펴낸이 § 서경석

편집부장 § 권태완
편집책임 § 어정원
디자인 § 이혜정

펴낸곳 § 도서출판 청어람
등록번호 § 제1081-1-89호
등록일자 § 1999. 5. 31
어람번호 § 제1-1546호

주소 § 경기도 부천시 원미구 심곡2동 163-2 서경B/D 3F (우) 420-822
전화 § 032-656-4452팩스 § 032-656-4453
http://www.chungeoram.com
E-mail § chungeorambook@daum.net

ⓒ 천륜, 2012

ISBN 978-89-251-3180-1 04810
ISBN 978-89-251-3042-2 (세트)

넘버원 Number One

CONTENTS

Chapter 01
연말에는……

회의실 안에 펜으로 테이블을 두드리는 소리가 들려왔다.

"나가야 해요?"

"당연하지."

연성하의 말에 펜으로 테이블을 두드리던 동현의 손길이 멈췄다.

그는 고운 이마를 찌푸렸다.

동현은 긴 한숨을 내쉬며 달력을 바라보았다.

얼마 있으면 연말이 다가온다.

연말에는 당연히 시상식이 몰려 있을 것이고 그것이 끝나면 가요대제전이니 뭐니 하면서 발 바쁘게 끌려 다녀야 할 것이다.

시상식 같은 경우에는 지난번 퇴원하자마자 연성하에게 빠진다고 했었다.

그 덕에 다른 회사에서 주최하는 시상식은 몇 개 빠질 수 있었다.

하지만 앞으로 있을 KD와 그 뒤를 봐주는 스폰서에서 주최하는 시상식은 참여해야 한다고 한다.

이사님의 말도 있고, 제대로 솔로 활동을 하고 있으면서 단 하나의 시상식도 참가하지 않는 것은 안 된다고 한다.

동현은 자신의 앞으로 보내져 온 두 개의 트로피를 바라보았다.

지금껏 빠진 2개의 방송사 시상식에서 온 것이었다.

앞선 시상식에는 바쁜 스케줄을 핑계를 대고 빠졌지만 하나 정도는 참가해야 할 듯싶다.

"그리고 연말을 장식하는 가요대전 같은 것은 전부 참가해야 할 거야."

동현은 작게 고개를 끄덕였다.

작년 같은 경우에는 사고 때문에 참가하지 못했지만, 지금은 퇴원한 상태이니까.

게다가 솔로 활동 역시 하고 있고 말이다.

다른 핑계를 댈 것이 없으니 참가해야만 하겠지.

"괜찮겠냐?"

　아무 말 없이 고개를 끄덕이는 동현의 반응에 연성하는 의외라는 듯 동현을 바라보았다.

　"뭐가요."

　"우형이 없어도 괜찮겠냐고."

　연성하의 말에 동현은 말없이 입꼬리를 끌어 올렸다.

　"제가 어린애도 아니고, 괜찮아요."

　동현의 말에 연성하는 다행이라는 듯 고개를 끄덕였다.

　연성하가 걱정했던 것은 동현의 심리 상태였다.

　그는 우형이 떠나고 난 후 한참을 멍하니 있던 그는 정신 차리고 나서 트레이닝밖에 하지 않았다.

　그리고 빠른 속도로 앨범 준비를 마친 후 활동에만 전념하고 있다.

　연성하나 회사의 입장에서는 그가 떠난 것에 힘들어 하고 상심하는 것보다 지금 상황이 나았다.

　하지만 연성하 입장으로서는 동현의 상태가 언제 나빠질지 불안하기만 했다.

　그런 사람이 있지 않은가.

　힘듦에도 불구하고 내색하지 않고 오히려 일만 주구장창 해대 자신의 육체를 극한으로 몰아가는 사람.

　외강내유형이라면 더욱이 그런 사람이 많을 것이기에, 연성하 역시 동현이 그렇지 않을까 생각했다.

　하지만 그것은 오산이었다.

우형이 떠나고 초반에는 동현도 꽤나 많이 힘들었다.

아니, 정확히 말하자면 솔로 활동을 시작하고 일주일 정도 지나기까지는 조금 힘들었다.

어디든지, 어느 무대든지 항상 동현은 우형과 함께 무대에 올랐다.

Dream Star 때부터 사고가 나기 전까지 대략 2년 이상을 말이다.

그런 상황에 익숙해져 있는 동현에게 갑자기 혼자 무대에 서라는 것은 조금은 힘든 일이었다.

그 탓일까.

처음 솔로 무대를 가졌을 때, 몇 번이고 마나의 도움을 받게 되었다.

무대 위에 혼자 있다는 생각에 온몸이 떨리고, 식은땀이 배어 나왔었다.

목소리가 막히는 것은 당연지사, 안무를 까먹는 것도 다반사였다.

방송 무대에 몇 번을 오르고, 행사까지 해 몇십 번 이상 무대에 오르고 나서야 조금 익숙해 질 수 있었다.

이것도 유그아닌이 힘내라고 다독여주고, 할 수 있다고 뒤에서 밀어주어 가능한 것.

아마 혼자였다면 무대에 오르는 것조차 하지 못했을 것일 터다.

"연말 무대가 한 그룹당 최대 10분이 주어지는 건 알지?"

"알죠."

신인 중 한 곡만 발표한 그룹이 아닌 이상 최소한 무대 위에서 2곡 이상은 한다.

페이머스같이 데뷔한 지 2년이 되어 가고, 싱글을 포함한 서너 앨범 이상 발매한 그룹은 곡을 리메이크하여 무대에 선다.

페이머스도 그리해야 할 터.

하지만 이번 솔로곡을 제외하고 다른 타이틀곡들은 모두 우형과 함께 노래한 것이다.

"솔로곡은 그렇다 치고, 최소 한 곡은 더 해야 할 텐데 어떻게 할래?"

"혼자 하는 수밖에 없지 않아요?"

동현의 물음에 연성하는 고개를 내저었다.

다른 방법도 있다는 뜻이었다.

"이 바닥에 넘쳐나는 게 가수야. 합동 무대 하면 되잖아."

연성하는 이럴 일이 일어날 줄 알았다는 듯 미리 뽑아놓은 가수 목록들을 정리해 둔 종이를 동현에게 건넸다.

그 종이를 받아든 동현은 위부터 아래까지 천천히 훑어보았다.

"한민교? 얘는 지 팀 있는데 왜 목록에 추가시켜 놨어요?"

"솔로 활동하잖아."

연성하의 말에 동현은 그의 현재 활동을 떠올렸다.

에스테반 전체가 활동을 하기도 하지만 보통 그들의 활동 기간은 대략 2개월 정도.

그리고 그들의 활동이 끝나고 한 달도 채 되지 않아 한민교가 바로 솔로 활동을 하고는 한다.

그것이 벌써 두 번째.

에스테반으로 활동하는 그들의 실적은 나쁘지 않다.

오히려 쏟아져 나오는 다른 아이돌에 비해 꽤나 좋은 편이다.

기초 가창력은 물론, 춤도 꽤 잘 추는 편이니까.

동현으로써는 어째서 에스테반측이 한민교 하나만을 살리려 드는지 이해가 가지 않을 따름이었다.

"얘네는 무대 안 선데요?"

"아마 설 것 같은데? 한민교가 솔로로 활동하고 있다고 해도 올해 곡 낸 게 있으니까."

연성하의 말에 동현은 고개를 끄덕였다.

에스테반이 무대에 서서 그 어느 퍼포먼스를 하더라도 화제가 되는 것은 한민교일 것이다.

지금 활동을 하고 있는 사람은 한민교이고 팬 층이 두꺼운 사람도 한민교이니까.

그는 현재 'Tell' 이라는 타이틀곡으로 활동을 하고 있다.

동현의 솔로곡인 '노스탤지어' 에 의해 1위에서 밀려나 곡을 발표한 이후 계속해서 2위에 머물러 있지만 그래도 꽤 좋은 반응을 보이고 있다.

에스테반 전체가 들고 일어나지 않고, 한민교 혼자서 말이다.

동현은 마음에 들지 않는다는 듯 목록이 적힌 종이를 테이블 위에 내려놓았다.

"한민교 하고 하게?"

"아니요."

확실하게 이번에 동현과 무게를 갖게 될 사람은 좋으나 싫으나 화제가 될 것이 뻔하다.

"윤찬 형이나 진영이랑 하고 말죠."

동현은 함께 Dream Star 때 활약했던 사람들의 이름을 언급하며 말했다.

그나마 함께 팀을 한 사람들 중에 가수로 데뷔한 사람은 이들뿐이기 때문이었다.

"그럼 두 사람 중 하나랑 할래?"

동현의 중얼거림에 연성하가 물었다.

"가능해요?"

"많이 유명하지는 않지만 두 사람 가창력은 괜찮으니까. 원한다면 가능해. 근데 정윤찬은 너랑 코드가 달라서 힘들 텐데……."

연성하의 말에 동현은 고개를 끄덕였다.

“그럼 진영이랑 할게요.”

“알았어. 그럼, 에스테반쪽에 연락 넣어 놓을게. 둘이 연락 되지?”

“네.”

“둘이 얘기해서 만나는 시간 알려줘. 무혁 씨한테 말해서 스케줄 조절해야 하니까.”

연성하의 말에 동현은 고개를 끄덕였다.

사실 누구와 무대를 갖든지 동현에게는 크게 중요한 것이 아니었다.

우형이 있든 없든, 무대는 동현이 지켜야 하는 자리였으니 나름대로 최선을 다하기만 하면 된다.

함께 무대에 서는 사람이 누구든지간에 말이다.

사실 사람들이 보기에 최고의 무대가 되고 화제가 될 만한 무대는 한민교와 함께 무대를 갖는 것일 터다.

하지만 한민교는 지금도 꽤 위에 있는 사람.

합동 무대 때나 토크쇼 탓에 만난 그의 성격을 아는 동현으로서는 그가 팀원들에게 어떻게 하고 있을지 대충 예상이 갔다.

본인이라면 에스테반이 자신을 위해서 만들어진 그룹이라는 것을 알고 있을 테니까.

그렇다면 당연히 멤버들에게 막 대할 것이 뻔했다.

호스트바나 나이트클럽 출신인 동현과 우형에게 얼굴로

먹고사는 녀석들이라고 말한 그라면, 충분히 가능하다고 본다.

어차피 노력해서 임할 무대라면, 이번 기회에 진영의 기세를 살려주는 편이 낫겠지.

"아, 근데 목록에 없는 사람들 함부로 끼워 넣기 힘든 거 아니에요?"

"그냥 이사님이 유명한 애들만 끄집어서 넣으신 거야. 신경 쓰지 않아도 돼."

연성하의 말에 동현은 작게 웃으며 회의실을 빠져나갔다.

"우형이가 있었으면 이런 일도 없을 텐데……."

사실 목록에 없는 가수들을 영입하는 것은 연성하로서는 피곤한 일이었다.

이미 한 번 한 일을 한 번 더 반복해서 해야 했기 때문이다.

하지만 그가 아무런 말없이 동현의 의견을 존중해준 것은 근래 사건 때문이었다.

우형이 치료를 위해 해외로 떠나고 동현은 근처 사람이 보기 안쓰러울 정도로 연습에 매진했다.

그리고 그가 처음 솔로 무대를 가졌을 때, 그는 보기 드물게 긴장을 했다.

마치 Dream Star 때처럼 말이다.

물론 항상 2인조로 붙어 있던 그가 솔로앨범을 내면서 얼마나 큰 부담감을 갖고 있을 줄을 안다.

두 사람이 해야 할 분량을 혼자서 모두 해결해야만 했으니까.

하지만 연성하는 동현이 잘 이겨내리라 생각했다.

연습도 평소보다 배는 더 했고, 이번 앨범은 다를 때보다 더 신경을 써서 준비했으니까.

그렇지만 그것은 연성하의 생각일 따름이었다.

동현은 무대만 올라가면 방방 뛰는 것은 기본, 무대 위를 그 누구보다 좋아했다.

팬들과 소통할 수 있고, 지금껏 남들에게 보여주기 위해 노력했던 것을 모두 쏟아낼 수 있는 장소였으니까.

하지만 컴백 무대로 혼자 무대에 올라간 동현에게서는 그 모습을 볼 수 없었다.

아니, 보기 힘들었다.

무대를 즐기려 하는 것 같기는 했지만 커다란 함성 소리에 위축되는 것 같은 느낌이 들기도 했다.

한동안은 무대에 올라가서 제 끼를 완전히 발휘하지 못하기도 했다.

가끔씩 음이 어긋날 때도 있었고, 안무를 틀리는 경우도 있었다.

다행히 그는 나름대로의 방식으로 대처를 해 방송 사고는 막았지만 말이다.

그래도 지금은 그런 모습을 보이지는 않았다.

지금이야 예전처럼 무대를 제 것 마냥 장악하지만, 초반의 그 모습이 연성하의 뇌리에서 떠나지 않았다.

"우형이가 돌아오기 전까지는… 원하는 대로 해주는 게 낫겠지."

마음이 한참 불안할 때이니까.

라는 말을 삼킨 연성하는 자료를 정리하고 자리에서 일어났다.

＊　　　＊　　　＊

동현과 진영이 준비하고 있는 무대는 생각 외로 꽤나 하이레벨의 퍼포먼스였다.

동현의 성미상 간단하게 발라드 한 곡 부르고 끝낼 줄 알았더니, 그것이 아니었다.

때문에 과거 댄스학원에서 강사로 일하고 있던 진영마저도 혀를 내두를 정도였다.

"Dream Star 때까지만 해도 팀 내에서 춤 제일 못 추는 녀석이었는데……."

어느샌가 어려운 안무도 척척 해내는 댄스가수가 되어 있는 모습에 진영은 긴 한숨을 내쉬었다.

"언제 적 애기야."

진영의 말에 동현은 작게 웃으며 답했다.

오랜만에 만난 그는 과거와 그렇게 많이 다르지 않았다.

여전히 춤을 잘 추고 노래를 좋아하며 어느 일에든지 열정적으로 하는 모습 그대로였다.

연습을 하는 내내 김진영은 우형의 얘기를 입에 담지 않았다.

그뿐만 아니라 다른 동료 가수 모두 그리했었다.

다른 사람이 본다면 우형의 일은 아무렇지도 않게 생각하는 것 같아 보일지도 모르지만, 그들은 동현을 배려해 주고 있는 것이었다.

아무렇지도 않게 자신의 일을 꾸준히 해나가는 그를 힘들게 하지 않기 위해 말이다.

연습은 여전히 스파르타식이었다.

한 번 연습하기 시작하면 다음 스케줄이 있을 때까지 동현은 연습실에서 꿈쩍도 하지 않았다.

덕분에 현재 앨범 활동을 접고 잠시 쉬고 있는 진영은 죽을 맛이었다..

자신도 꽤나 긴 시간 연습을 하고 있다고 생각했는데 동현의 연습 시간은 상상 이상이었던 것이다.

아침 일찍부터 시작된 연습.

동현은 진영이 헉헉대 잠시 숨을 돌릴 때 이외에는 쉬지 않았다.

그렇게 시곗바늘이 3을 가리켰을 때, 굳게 닫혀 있던 연습실의 문이 열리고 무혁이 모습을 드러냈다.

"동현아, 행사."

그가 자신의 할 말을 하고 연습실을 빠져나가자 진영은 이제야 살겠다는 듯 바닥에 주저앉았다.

"야, 넌… 쉬지도 않냐."

진영이 땀으로 흠뻑 젖은 타월로 흐르는 땀을 닦아내며 말했다.

"쉬었잖아, 틈틈이."

어깨를 으쓱이며 아무렇지도 않게 답하는 그의 모습에 진영은 질린다는 표정을 지었다.

그와 함께 연습을 시작한지 어연 3일째.

첫날, 빡세게 연습을 하는 그를 보고 '아, 첫날이니까' 하고 생각했다.

하지만 둘째 날도, 셋째 날도 첫날과 같자 진영은 아주 죽을 지경이었던 것이다.

"이 주일 동안 이걸 더 해야 한다니……."

진영은 한숨을 푹 내쉬었다.

동현이 현재 솔로 곡으로 활동 중이고 워낙 부르는 곳이 많기 때문에 연습할 시간이 그렇게 많지는 않다.

이 주일이라고 해도 아침에 잠깐 만나 동현이 스케줄을 갈 때까지밖에 연습할 시간이 없는 것이다.

하지만 그 연습량이 적지 않음이 미칠 듯이 힘든 것이겠지.

‘고작 아홉 시간 연습한 것 가지고 완전 죽을 맛이네…….’

에스테반의 하루 연습량은 열두 시간을 훌쩍 넘는다.

에스테반뿐만이 아니라 모든 연예인은 대부분 열두 시간 이상 연습을 한다.

그것은 쉬는 시간과 연습 중간중간에 딴짓을 하는 것을 포함했을 때다.

하지만 동현은 아홉 시간 가량을 연습하면서 제대로 쉬지도 않았다.

진영이 힘들어 바닥에 무너지듯 주저앉아야 그제야 오 분에서 십 분 정도 쉬는 것이 고작.

사실 이런 스파르타한 연습 탓에 무대 준비는 거의 다 끝이 났다.

그 어렵다는 페이머스의 춤을 3일 만에 마스터했으니 할 말 다 했다.

“아마 내일 오후까지는 스케줄일 거야. 넌 내일 오후에 스케줄 있어?”

“나는 시상식하고 무대 말고는 스케줄 없어.”

제일 날자가 가까운 시상식이야 사흘 후에 있고, 무대는 앞으로 이주일이나 남았으니.

별다른 스케줄은 없다는 뜻이었다.

동현은 고개를 끄덕이며 말했다.

“그럼 내일 오후에 연습실로 와.”

"또 연습이냐! 도대체 어느 정도나 하려고?"

"완벽해 질 때까지."

동현의 말에 진영은 혀를 내둘렀다.

진영의 눈에는 더 이상 연습을 해봤자 좋아질 것도 나빠질 것도 없이 완벽했다.

하지만 동현의 눈에는 그것이 아닌가 보다.

"그럼 난 먼저 간다."

스케줄 탓에 예약해 둔 숍에 가야 하는지 동현은 자신의 물건을 챙기며 말했다.

동현의 행동에 진영은 익숙한 관경인지 고개를 끄덕이며 손을 흔드는 것으로 인사를 대신했다.

진영은 연습실을 빠져나가는 그의 뒷모습을 보고는 그 자리에 드러누워 버렸다.

현재 있는 장소가 KD이기 때문에 빨리 나가주는 편이 예의겠지만, 너무 힘들었다.

"아… 죽겠다."

진영은 중얼거리며 흐르는 땀을 연신 닦아냈다.

'정상에 올랐는데도 여전히 노력파구나……'

그의 실제 연습 모습을 보기 전까지 사실 진영은 그가 게으르게 생활하고 있다고만 생각했다.

정해진 스케줄에 움직이고 남은 시간은 다 놀고 여가를 즐기는 그런 생활.

하지만 생각보다 그가 하고 있는 생활 패턴은 신인가수들과 다를 바 없었다.

스케줄이 잡히면 일하고, 끝나면 연습하고.

물론 잠을 최소한으로 줄여가면서 말이다.

한때 KD의 스케줄은 물론 그 연습 체계가 살인적으로 진행돼 동현이 꽤나 피곤해 했다는 말이 있었다.

그때 함께 활동하고 있지 않던 진영은 동현의 모습을 보지는 못했지만 진영은 그 소문을 믿지 않았다.

동현은 Dream Star 때부터 체력 좋기로 소문난 녀석이었기 때문이다.

과거 합동 무대 때도 몇 시간을 쉬지 않고 연습하는 쾌거를 이루어 낸 녀석이 쉽게 지쳐 한다는 사실을 믿을 수 없었던 것이다.

하지만 이 정도라면 충분히 지칠 만도 하다.

연습 이후에 바로 스케줄.

게다가 내일 오후에 끝날 것 같다고 하는데 그 시간에 잠을 잘 생각도 안 하고 또 연습할 것이라니.

우형이라면, 아니 그와 같은 팀을 이룬 모든 사람들은 하지 못할 행동이었다.

연습하라고 윽박을 지르면 하는 시늉만 하고 제대로 하지 않을 것이 뻔했다.

"괴물 같은 녀석⋯⋯."

실력도 있는 녀석이 뭐가 모자라서 이렇게 노력까지 하는
지.

자신이라면 절대로 하지 못할 짓이다.

진영은 그의 행동에 살짝 무서움을 느끼며 자리에서 일어
났다.

동현도 없는데 계속 이곳에 있는 것은 예의에 어긋나는 행
동일지도 모르니까.

진영이 자신의 물건을 모두 챙기고 나오자 조금은 익숙한
얼굴의 사람이 그를 기다리고 있었다.

"연성하 실장님?"

직접적으로 이야기를 나누어 본 적은 없지만 그의 이야기
는 많이 듣고 있었다.

진영쪽 회사 사람들이 KD를 실질적으로 이끌고 가수들을
관리하는 사람이 연성하라고 말하는 것을 들은 적이 있으니
까.

게다가 KD의 연습실을 쓰기 위해 들어올 때 그가 연성하
와 동현이 이야기하는 것을 몇 번 본 적이 있었다.

때문에 진영은 눈앞에 있는 그가 연성하임을 알 수 있었던
것이다.

"연습은 잘하셨나요?"

"아, 네."

"힘드시죠? 동현이 호흡 따라가기."

연성하의 말에 진영은 작게 웃으면서도 반사적으로 그렇다고 답했다.

힘들지 않다고 얘기를 할 만한 레벨이 아니었기 때문이다.

진영의 말에 연성하는 작게 웃었다.

합동 무대를 위해 동현과 함께 무대를 하기 위해 연습을 한 여느 가수들과 같은 반응이기 때문이었다.

"그래도 여로모로 놀랐습니다."

"예?"

진영은 무슨 뜻이냐는 듯 되물었다.

"뭐, 여러 가지 의미입니다."

연성하는 작게 웃으며 말했다.

그가 의외로 생각하고 놀랐던 것은 동현의 행동이었다.

강렬한 퍼포먼스라는 것만이 놀랄 부분이 아니었다.

동현은 페이머스의 데뷔곡부터 팬텀까지.

자신이 우형과 함께했던 곡들을 리믹스해 한 곡으로 편집해 버린 것이다.

약 4분 정도 가량으로 축소해서 말이다.

연성하의 입장으로선 동현의 선택이 놀라울 따름이었다.

우형과의 추억이 담긴 곡인데 다른 사람으로 대체할 수 없다는 소리를 늘어놓을 줄 알았는데 그것이 아니었다.

'그만큼 단단히 각오를 굳혔다는 거겠지.'

연성하는 궁금하다는 표정을 짓고 있는 진영의 어깨를 두어 번 두드리며 말했다.

"조금 더 힘내주세요."

"아… 네."

연성하는 작게 미소를 지으며 그를 바라보다가 이내 그 자리를 벗어났다.

＊　　　＊　　　＊

"조금 자두지."

무혁은 다크서클이 짙게 내려온 동현을 보며 말했다.

"괜찮아요."

"안 괜찮아 보여."

무혁은 슬쩍 미간을 찌푸렸다.

솔로 활동이 시작되고부터 무혁은 동현이 자는 모습을 거의 볼 수 없었다.

스케줄로 인해 이동하는 차 안에서는 조금 자는 것 같으나 '도착했다, 일어나라' 라는 말 한마디만 하면 눈을 번쩍 뜬다.

마치 처음부터 자고 있지 않았던 사람처럼 말이다.

게다가 스케줄이 끝나면 바로 무대 연습을 한다.

함께 무대를 하기로 한 김진영과 다음 스케줄이 있을 때 까지 말이다.

만일 그가 팀 연습이나 개인적인 일로 빠지게 된다면 동현은 자신이 혼자 맡을 부분을 연습했다.

연습에 스케줄에 또다시 연습.

그것이 그동안 동현의 일상이었다.

과거 그가 죽을 것처럼 피곤해 하고 힘들어 했던 모습을 옆에서 봐왔던 무혁은 걱정되기만 했다.

너무 무리하다가 또다시 그때처럼 힘들어 할까 봐 말이다.

"쉬어."

흉흉한 기세로 동현을 바라보는 무혁의 말에 그는 낮게 한숨을 내쉬었다.

"스케줄 끝나면 쉴게요."

"연습하지 마."

"가수한테 연습을 하지 말라뇨."

동현의 말에 무혁이 인상을 찌푸렸다.

"쉬어."

절대 하지 말라는 그의 흉흉한 눈빛에 동현은 어색하게 웃었다.

평소 쉬라고 하는 말에 엉거주춤 대답을 해도 뭐라 하지 않았지만 지금은 조금 달랐다.

아무래도 동현의 얼굴에 피곤한 기색이 서려 있기 때문이리라.

이럴 때에는 무슨 말을 해도 통하지 않았다.

"음… 그럼 오늘은 그냥 쉴게요."

동현의 답에 무혁은 그제야 고개를 끄덕이며 시선을 옮겼다.

"피곤해 보여도 피부는 좋네."

스타일리스트 중 한 사람이 말했다.

데뷔를 준비할 때부터 지금까지 부득이한 사정이 없으면 어디든 함께하는 사람들.

그렇기 때문에 그들은 이제 쉽게 말을 놓고 동현을 편히 대했다.

"관리의 힘이죠."

동현은 장난스레 웃어 보였다.

[관리 좋아하고 있구먼. 자네는 몸을 참 함부로 다뤄.]

코디들에게 웃어주는 동현의 모습에 유그아닌은 혀를 찼다.

그가 무리를 하는 것은 한두 번 본 것이 아니다.

지금도 마나 운용으로 그나마 버티고 있다고는 하지만 육체는 이미 극한에 달해 있다.

아마 지금 제대로 침대에 누워 잠들면 하루는 꼬박 잘 것이다.

'최고의 무대를 보여줘야죠.'

[그놈의 최고의 무대. 두 번 보여줬다간 아예 죽겠구먼!]

유그아닌의 말에 동현은 작게 웃었다.

그가 이번 무대를 최고로 만들려고 하는데 에는 다 이유가 있었다.

우형에게 혼자서도 잘 하고 있다는 모습을 보여주기 위해서였다.

그의 말대로 동현은 현재 홀로서기 중이었다.

지금껏 함께해 왔던 우형이 없다고 해서 풀죽어 나뒹굴어져서는 안 된다.

그것이 우형이 원하는 길이었으니까.

'두 번 보여주더라도, 최고가 되야 하니까요.'

한국을 대표하는 탑 아이돌의 자리는 우형이 함께 있을 때 이미 따냈다.

물론 그 자리는 동현과 우형 단 둘만의 힘이 아니었다.

노래를 제작하는 데 한국은 물론이고 타국에서도 알아주는 작곡가가 나섰다.

게다가 페이머스가 속한 소속사 역시 한국에서 알아주는 곳이다.

게다가 Dream Star로 데뷔 초부터 많은 관심을 받아올 수 있었다.

이러한 것들이 모여 지금의 페이머스가 있게 된 것이다.

지금의 곡만 내면 1위를 당당하게 차지하고도 남을 정도의 인기 아이돌이 말이다.

하지만 이 모든 것들은 우형이 함께였다.

Dream Star 시절을 시작으로, 데뷔도, 작곡가도, 많은 스폰서들의 지원도 말이다.

KD 측의 강요로 시작된 것이었지만 어찌 되었든 우형과 함께했다.

하지만 지금은 동현 혼자.

사실 동현과 우형의 두 사람의 페어를 좋아하던 사람들은 지금의 페이머스를 좋지 않게 보는 사람들도 있었다.

그런 사람들이 동현의 노력을 알고 일반적인 면만을 보지 않고 다방면으로 보기를.

다시금 페이머스를 좋아하게 되길 바랄 뿐이다.

그렇게 되려면 최고의 모습을 보여 주어야지.

"다 됐다."

한참 생각에 잠겨있을 때, 한 코디가 동현의 어깨를 두어 번 두드리며 말했다.

그녀의 말에 동현은 자리에서 일어나 가볍게 스트레칭을 하며 굳은 몸을 풀었다.

오늘의 스케줄은 KD 주관의 연말 시상식.

연성하에게 '이 스케줄 빼주세요' 하면 빼주었지만 KD 주최 시상식만큼은 빼주지 않았다.

"무혁 씨하고 약속했으니까, 오늘은 푹 자야 한다? 피부 나빠져!"

무혁과 안면이 있는 한 스타일리스트가 말했다.

그녀의 말에 동현은 말없이 손가락을 말아 동그라미를 만들어 내는 것으로 대답을 대신했다.

동현은 시상식이 이루어지기로 한 장소에 가 즐비하게 늘어져 있는 테이블 가까이 다가갔다.

그곳에는 동현 자신의 이름부터 시작해 소속사 가수들의 이름이 쓰여 있었다.

아마 자리를 나타내는 것인 듯싶었다.

동현이 자신의 자리를 찾아가자 미리 와 있던 진만이 동현을 반겼다.

"늦었네?"

"스케줄이 있어서요."

"너는 어떻게… 그 많은 스케줄을 다 소화해 내고 살 수가 있냐."

동현의 스케줄이 많은 것은 모두가 다 아는 사실이다.

스케줄이야 공식 팬카페에 모두 공개되어 있으니 말이다.

종종 팬들이 KD에게 동현의 스케줄이 너무 많은 것이 아니냐고 항의를 할 정도로 동현의 스케줄은 많았다.

"하고자 하면 다 할 수 있게 돼 있어요. 형도 저처럼 한 번 해볼래요?"

인기가 있으니까 가능할 것이라는 동현의 말에 진만은 고개를 저었다.

돈은 많이 벌겠지만, 건강을 상실할 테니 말이다.

"너 그러다가 과로로 쓰러진다?"

“에이, 전 누구 같은 약골이 아니에요.”

동현은 작게 키득이며 말했다.

그의 말에 진만은 살짝 아플 정도로 동현의 어깨를 두어 번 가격했다.

지난번 과도한 스케줄로 인해 과로로 쓰러진 적이 있었기 때문이다.

“그래도 적당히 해. 네가 소문난 괴물 체력이라지만 일단은 사람 아니냐.”

“제가 아는 누구는 자는 걸 본 적이 없는데요, 뭐.”

“네가 안 볼 때 자고 있겠지.”

“매일같이 보는 사람이에요.”

동현의 말에 진만은 믿을 수 없다는 듯한 표정을 자아냈다.

“사람이냐······.”

“일단은 사람이에요.”

동현은 공중에 둥둥 떠서 카메라가 준비되고 있는 장면을 구경하는 유그아닌을 바라보았다.

일단 육체가 없는 상태이긴 하지만 살아는 있으니까.

사람이기도 하고.

“그 사람이 누군지는 모르겠지만 꼭 한번 만나보고 싶다.”

“왜요?”

“잠 안 자고 일할 수 있는 비법 좀 전수받게.”

진만의 말에 동현은 낮게 웃으며 말했다.

"그거 전수받으려면 죽어나갈 걸요."

"너도 전수받았냐?"

"그렇다고 할 수 있죠."

동현의 말에 진만은 거짓말하지 말라는 듯 작게 키득였다.

하지만 이내 그가 잘 자지 않고 연습과 스케줄만 하는 점을 깨닫고는 웃음을 멈췄다.

"레알이냐?"

갑작스레 표정을 싹 바꾸고 말하는 진만의 모습에 눈앞에 놓인 물을 마시던 동현이 그를 바라보았다.

"뭐가요?"

"잠 안 자고 버티는 사람."

"진짜인데요."

태연하게 말하는 동현의 말에 진만은 상체를 동현에게 기울이며 말했다.

"소개시켜 주라."

"형은 하루 정도 해보고 못한다고 때려칠 걸요."

"왜 단언해?"

"지금 하고 있는 일에 열 배는 더 힘드니까요."

그의 말에 진만은 작게 헛기침을 하며 의자에 몸을 기댔다.

몇 번만 힘들면 되긴 하겠다마는, 가수 활동보다 열 배는 더 힘들다니.

배워보고 싶은 마음이 싹 가신다.

"너 잠 안 잔 지 얼마나 됐어?"

"잠은 매일 차 안에서 꼬박꼬박 자는데요?"

"…침대 위에서."

"잘 만큼은 자요."

동현의 말에 진만은 고개를 끄덕였다.

"그럼 안 할래."

"좋을 대로 하세요."

동현은 별 상관없다는 듯 답했다.

만일 진만이 동현이 침대 위에서 자는 시간이 이틀에 서너 시간 가량인 것을 알았다면, 배우고 싶다고 찡찡댔을지도 모른다.

[뭔 생각으로 그런 걸 말하는 겐가?]

'어차피 하겠다고 하지도 않을 텐데 뭐 어때요.'

[그러다가 하겠다고 하면?]

'제가 받은 훈련의 일부를 시켜보면 되는 거죠, 뭐.'

대책없이 말하는 동현의 말에 유그아닌은 어이없다는 듯 껄껄거리며 웃었다.

"잠시 후에 시상식을 시작하겠습니다."

MC의 말에 동현은 옷매무새 가다듬고 바른 자세로 자리에 앉았다.

라이브이기 때문이기도 하지만, 아무 시상식에도 참가치 않던 동현이 나왔기에 더 주목을 받을 터.

삐딱한 자세로 앉아 있다가 방송태도 불량으로 논란이 되면 귀찮아지니까.

그 탓에 다른 참가자들도 모두 옷매무새를 가다듬었다.

시상식은 특별한 것 하나 없이 진행되었다.

유명 인사들이 나와 각 부분에 두어 명씩 상을 수상한다.

상을 받은 이들은 여느 시상식에서 나올 법한 멘트를 말한다.

간혹 가다가 조금 웃긴 멘트를 말하는 사람이 있지만, 소수.

대부분이 지겹고 재미없는 멘트만을 말하고 들어간다.

그것은 동현도 마찬가지가 되겠지만, 앉아서 멍하니 박수만 치고 있는 상황이 지겹기만 하다.

한 시간가량을 가까이 들이대는 카메라를 향해 웃어주고, 박수를 치다 보니 어느덧 1부가 끝이 났다.

그렇게 모든 사람들에겐 약 5분 정도의 쉬는 시간이 주어졌다.

"내가 받을 상 다 받아 놓으니까 지겹네."

1부 중반에 이미 상을 받은 진만은 입을 쩍 벌리며 하품을 했다.

"그 표정 카메라에 찍혀서 방송 나가면 꽤 재밌을 것 같네요."

"그러면 내 얼굴은 '박진만 엽사!' 라고 해가지고 인터넷에 나돌아 다니겠지."

사람들에게 얼굴을 알리고 다니는 직업으로서, 웃긴 사진 한두 개쯤은 애교라며 오히려 카메라에 제 얼굴을 대주었다.

당시에는 카메라가 꺼져 있는 줄 알고 한 행동이지만, 그 모습이 인터넷에 퍼졌다는 것은 후문이다.

"이거 몇 시간 후에 끝나요?"

"이제 절반이야. 앞으로 찍은 만큼 더 찍어야 해."

진만의 말에 동현은 죽겠다는 듯 긴 한숨을 내쉬었다.

진만은 데뷔한 지 꽤 되었고, 연말마다 시상식을 돌아다녀 이러한 상황에는 꽤 익숙해 진 상태였다.

하지만 동현은 그렇지 않았다.

데뷔한 지 곧 있으면 2년차라고 하더라도 지금껏 시상식은 참가하지 않았다.

그러니 면역이 생길 리가 만무한 것이었다.

"익숙해져. 내년부터는 너도 이리저리 불려 다녀야 할 테 니까."

"그래야죠."

동현은 작게 기지개를 켜며 앉아 있느라 굳은 몸을 풀었다.

그가 한참 하품을 하고, 기지개를 켜며 쉴 동안, 쉬는 시간 은 금방 지나갔다.

어차피 광고 나가는 시간이니 그럴 수밖에.

카메라가 다시 돌아가기 시작했다.

MC들이 마이크와 진행 멘트가 적힌 종이를 들고 말을 이어가자 살짝 시끄러웠던 내부가 순식간에 조용해 졌다.

"그럼 계속해서 2부를 시작하도록 하겠습니다."

이제는 지겨운 MC의 목소리가 내부를 울렸다.

동현은 이 사이를 비집어 나오려는 하품을 꾹 참으며 그들의 말에 귀를 기울였다.

지루하다…….

Chapter 02
시상식

시상식은 탈없이 순조롭게 후반부를 향해 달려가고 있다.

막바지를 달려가고 있는 지금 동현의 손에 있는 것은 하나
의 트로피뿐이었다.

올해 솔로 활동을 하고 있는 가수들 중 가장 많은 영향력을
미친 가수에 뽑힌 것이다.

이 상의 후보는 다섯 명가량이었다.

유명하지도, 그렇다고 아예 이름이 없지도 않은 두 명의 발
라드 가수.

그리고 요새 한참 물을 올리고 있는 한민교.

다른 이들에 비해 데뷔가 늦었지만 그나마 제자리는 유지

하고 지키고 있는 정윤찬.

　그리고 동현이었다.

　여느 후보들은 누가 상을 받게 될까 기대를 했던 모양이지만, 동현이 후보에 오른 순간 모두 허탈한 웃음을 지었다.

　누가 상을 받게 될 것 인가는 본인들이 제일 잘 알고 있기 때문이었다.

　"그럼, 이제 마지막 순서입니다."

　"올해 최고의 가수상! 이 상은 대한민국 최고의 MC, 두 분이 시상 해주시겠습니다."

　뻔한 멘트가 나오고 얼마 있지 않아 남녀 두 MC가 정장과 드레스를 빼입고 나타났다.

　그들은 나와서 저희들끼리 미리 짜놓은 레퍼토리로 연기를 하다가 후보를 발표했다.

　후보로 오른 팀은 세 팀이었다.

　데뷔 4년차로서 국내는 물론 국외에서도 유명한 3인조 그룹.

　동현이 속한 데뷔 1년차 그룹 페이머스.

　한민교와 진영이 속한 에스테반.

　이 네 팀 중 가장 높은 점수를 얻은 사람이 상을 받게 된다.

　점수는 합산 점수.

　한 해에 앨범을 몇 장이나 판매했는지.

　음원을 다운받는 공식 홈페이지에서 함께한 다운로드 횟

수가 얼마인지.

앨범 활동을 얼마나 긴 시간 했는지.

이 모든 것이 합산이 되어 나온 점수가 가장 높은 팀이 이상을 받게 되는 것이었다.

따지고 보면 이 같은 경우는 에스테반이 유리하다.

합계에는 솔로 활동도 포함을 하고 있기 때문이다.

사실상 에스테반이 단체로 활동 한 기간은 대략 두 달 정도이다.

앨범 판매량은 그럭저럭 이고 활동 기간도 그다지 길지는 않다.

하지만 에스테반의 활동이 끝나는 즉시 한민교가 솔로 활동을 했다.

그것도 올해는 한민교 혼자서 정규앨범을 내 3개월간의 활동이 끝나고 곧바로 후속곡을 들고 나왔다.

1년 중 8개월 이상을 활동했던 것이다.

그렇게 따지면 동현이 속한 페이머스는 그다지 긴 활동을 하지 못했다.

팬텀이라는 곡으로 3개월 활동을 하기는 했지만 후속곡을 들고 나오지는 않았다.

게다가 곧바로 사고가 나 차기 앨범은 동현의 미니앨범이었다.

물론 판매량은 매우 높았지만 말이다.

"실력으로 안 되니까 활동 기간으로 밀어붙이는구만……."

옆에서 가만히 상황을 지켜보던 진만이 말했다.

동현은 아무런 대꾸도 하지 않은 채 MC들이 진행하는 것만을 바라보고 있었다.

"자, 스크린 나와주세요!"

MC들의 입이 열리고 무대 뒤편에 있는 거대한 스크린이 모습을 드러냈다.

그곳에는 세 가수들의 앨범 재킷 사진이 보였고 그 아래에는 0이라는 숫자가 늘어져 있었다.

"그럼 이제 합산을 시작하겠습니다, 제일 먼저 앨범 판매량 점수입니다."

그들의 말이 나오고 0으로 써져 있는 숫자 중 하나가 빠른 속도로 상승세를 보이며 다른 숫자를 만들어 냈다.

"다음은 다운로드 횟수입니다."

MC들의 말이 이어질 때 마다 0으로 보이는 수치들은 다들 제각각의 숫자를 만들어냈다.

그리고 모든 숫자들이 제 자리를 찾아 수치를 나타냈을 때, MC들의 목소리가 내부를 울렸다.

"축하합니다, 페이머스!"

상을 받을 팀이 결정되었다.

다른 팀에 비해 활동 기간도 적고, 예능과 같은 방송보다는 행사무대를 더 많이 다닌 페이머스가 1위를 차지한 것이다.

사실 조금 믿기지 않았다.

하지만 어쩌겠는가.

앨범 판매량에서부터 10만 이상의 차이가 벌어졌는데 말이다.

저들의 나오라는 부름에 동현은 불편한 마음을 감추며 앞으로 나섰다.

"페이머스는 작년 2월에 데뷔한 팀으로 Dream Star에서부터 시작해 데뷔한 지금껏 크나큰 활약을 하고 있는 2인조 남성 그룹입니다."

MC의 페이머스의 관한 설명이 대략적으로 끝남과 동시에 무대에 올랐다.

시상을 맡은 두 사람이 동현에게 트로피와 꽃다발을 안겨 주자 그는 기다란 마이크 앞에 가서 섰다.

그리고 이내 다짐했다는 듯 비장한 표정을 지으며 입을 열었다.

"솔직한 심정을 말씀 드리자면, 저는 이 상이 그다지 달갑지 않습니다."

느닷없는 동현의 말에 MC들은 물론 오늘 참가한 모든 연예인 그리고 방청객들마저 벙 찐 표정으로 동현을 바라보았다.

상을 받았는데 감사하다는 말이 아닌 달갑지 않은 말이라니……

일반 상도 아니고, 올해 최고의 가수 상인데 말이다.

"이럴 줄 알았다니까……."

멀리서 지켜보던 연성하는 한숨을 푹 내쉬며 제 머리를 헝클었다.

"여러분도 아시다시피 현재 페이머스는 완전한 상태가 아닙니다."

그 이유는 우형이 없기 때문.

"사실 우형이가 떠나고 저는 한심할 정도로 일상 생활을 하지 못했습니다."

제대로 된 사실에 대해 처음으로 입을 여는 동현.

그의 말에 다른 연예인들을 비추던 카메라는 물론, 기자들까지 모두 동현을 바라보고 있었다.

"그렇게 얼마나 무기력하게 있었는지는 모르겠습니다만, 이러고 있으면 안 된다는 생각이 들었습니다."

그래서 죽어라 연습을 했고, 그가 있을 자리를 만들어 두었다.

"사실 앞으로 나아가라는 그의 말이 없었더라면 저는 지금 이 자리에 없었을 것입니다."

그가 돌아오기를 하염없이 기다리며 방구석에 처박혀 폐인 생활을 하고 있었을지도 모른다.

"사실 복귀하고 나서도 무대에 오를 때마다 함께했던 추억이 떠올라 많이 힘들었습니다."

처음 솔로 무대를 서기 위해 무대에 올랐을 땐, 손에 땀이 배어나오고 가사도 안무도 모두 까먹을 정도였으니까.

"하지만 우형이의 빈자리를 강하게 느낄수록 힘들어지는 것은 저라는 것을 깨달았습니다."

그렇기 때문에 우형은 지금부터 혼자서 가야 한다고 얘기했던 것이겠지.

"그가 돌아왔으면 하는 바람이 커지면 커질수록 말입니다."

그럴 때마다 동현은 자신의 몸을 극한으로 내밀었다.

일반 사람으로서는 소화하기 힘든 스케줄을 무혁을 통해 짜게 만들었다.

무혁 혼자서 동현의 스케줄을 따라오기 힘들 정도로 말이다.

"결국 저는 지금껏 저뿐만 아니라 주위 많은 사람들을 괴롭혀 왔던 것입니다."

우형은 지금쯤 제 갈 길을 가고 있을 것이다.

그러니 동현도 길을 걸어야 했다.

우형과 걷는 길은 다르겠지만 말이다.

"제가 지금 이 자리에 서 있는 것은 제 노력이 아닙니다."

혼자였다면 유그아닌이 있다 하더라도 단기간 복귀는 힘들었을 것이다.

물론 유그아닌이 삼촌지설로 동현의 마음을 조금은 편하게 해주었겠지만 그래도 이렇게 짧은 시간만의 복귀는 힘들었을 것이다.

"제가 이곳에 서 있을 수 있는 것은 실장님과 무혁 형, 저를 도와주신 모든 관계자 분들 그리고 팬 분들의 성원 덕분입니다."

누가 들으면 뻔한 레퍼토리라고 하겠다만 이것은 진실이었다.

하루하루를 연습과 스케줄로 보내던 동현의 몸을 자신의 몸처럼 생각해 주던 연성하.

제멋대로인 발언을 모두 받아주며 연습 시간은 물론 스케줄마저 조절해 주던 정무혁.

자신들의 수면이 부족함에도 불구하고 동현을 가르치러 나와주는 트레이너들.

바쁜 동현의 스케줄을 쫓아다니며 한층 더 빛나게 만들기 위해 메이크업에 신경 쓰는 스타일리스트들.

그리고 그 많은 동현의 스케줄을 하나하나 꿰고 다니며 지역별 이동을 감안하며 동현을 보러 다니는 팬들.

만일 이 사람들이 아니었다면, 동현은 지금도 정신 못 차리고 '우형이, 우형이!' 하고 있었을 것이다.

"그러니까 저는 이 상을……."

표면적으로 드러나지는 않지만 뒤에서 자신을 밀어주는

많은 사람들에게.

"제가 지금의 이 자리에 있게 해주신 모든 분들에게 바치고 싶습니다."

동현은 오늘 내내 피곤해 보이던 표정을 지웠다.

그는 내부에 있는 모든 사람들을 주욱 훑어보며 맑게 웃어 보였다.

그리고 그가 허리를 숙여 인사를 하는 순간, 커다란 소리가 귓가에 울려 퍼졌다.

귀가 찢어질 정도의 박수 소리가 말이다.

오늘 상을 받았던 사람들 중 최고로 커다란 소리가.

*　　*　　*

"뭐하냐."

안종혁은 거실에서 울려 퍼지는 커다란 TV소리에 미간을 찌푸리며 물었다.

그의 물음에 주위를 두리번거리던 한 사내는 귀찮다는 듯 소파에 얼굴을 박으며 말했다. 우형이었다.

"KD 연말 시상식 봐요."

그의 대답에 안종혁은 탁자 위에 있는 스케치북과 펜을 집어던지며 말했다.

"쓸데없이 말하지 마. 시상식은 뭐하러 봐."

안종혁의 말에 스케치북과 펜을 받아든 그는 큼지막하게 글을 써서 종혁에게 보여주었다.

—동현이가 나와서요.

"웬일이래."

시상식은 고사하고 아이돌의 기본이라는 예능도 제대로 출현 하지 않는 녀석이 시상식에 참가했다는 우형의 말에 그는 살짝 놀랐다는 듯 물었다.

—KD 것이니까 참여했겠죠?

한참 펜을 손으로 만지작거리며 TV를 보고 있던 우형은 상을 받기 위해 단상에 오른 그를 보고 미친 듯이 웃어재꼈다.

상의 이름은 '올 한 해 가장 많은 인기를 누린 솔로가수.'

그룹에서 홀로서기를 한 사람도 포함인 듯싶었다.

그러니 동현이 포함되었지.

하지만 우형이 웃은 것은 그런 것의 문제가 아니었다.

동현의 이름이 거론되자마자 자신들은 절대 못 받을 것이라며 고개를 내젓는 이들.

그리고 상을 받기 위해 올라간 그는 정말 그 어느 연예인들도 말하는 레퍼토리를 말한 후 내려왔다.

우형의 입장에서는 그의 그런 모습이 매우 우스웠던 것이다.

얼굴에는 대놓고 '귀찮아 죽겠다' 라는 표시를 떡하니 해놓은 주제에 입으로는 '너무너무 감사합니다!' 라고 말하는 꼴이라니.

반대의 상황이라면 동현 역시 크게 웃었을 것이다.

"목 조심해라, 또 엇나가기 싫으면."

종혁의 말에 집안이 떠나가라 웃던 우형은 몸을 부들부들 떨며 웃음소리를 잠재웠다.

시간이 지나 1부가 끝이 났다.

"마셔."

종혁은 따듯한 물을 우형에게 건네며 말했다.

그는 그것을 받아 마시며 TV에서 시선을 떼지 않았다.

"들어온 거 얘기 안 할 거냐?"

종혁은 이해가 가지 않는다는 표정으로 우형을 바라보았다.

그의 목 치료가 끝나고 한국에 들어온 지 벌써 한 달이 다 되어간다.

종혁은 그가 입국을 하면 곧바로 동현을 찾아갈 줄 알았다.

하지만 그것은 어디까지나 종혁의 생각.

우형은 제 숙소로 돌아가기는커녕 동현을 찾아갈 생각도 하지 않았다.

그리고 그는 입국한 후 지금까지 종혁의 집에 눌러앉아 있다.

덤으로 작곡까지 배우면서 말이다.

누구와 함께 지내는 것을 개인적으로 싫어하는 종혁은 그를 돌려보내려 했지만 끝까지 말을 듣지 않았다.

집안일이라도 자신이 할 테니 당분간만이라도 머물게 해 달라며 말이다.

결국 한참을 고민하던 종혁은 우형을 잠시 집에 머물도록 허락해 주었다.

비록 그것이 한 달 동안이나 유지될 줄은 꿈에도 생각지 못했지만 말이다.

"왜 안 들어가는 건데."

물음에 답하지 않자 종혁은 재촉하듯 또 한 번 물었다.

―지금 들어가면 민폐잖아요.

"그래서 언제 가려고."

―이번 페이머스 솔로 활동 끝나면 들어가야죠. 너무 늦게 가면 혼날 테니까요.

느릿하게 글을 적어 종혁에게 스케치북을 보여주는 사이, 어느덧 광고가 끝났다.

"그럼 계속해서 2부를 시작하도록 하겠습니다."

MC들의 음성이 들리고 카메라들이 돌아가며 각각의 방향으로 참가한 연예인들을 비췄다.

카메라에 찍힌 동현은 지루함을 참아내며 애써 태연한 표정을 짓고 있었다.

다른 사람은 몰라도 동현의 가족이나 우형은 동현이 현재 얼마나 지루해 하고 있는지 대충 감을 잡을 수 있었다.

시상식은 1부와 다름없이 흘러갔다.

"여느 시상식이랑 다를 거 없고만 뭐하러 봐."

—그래도 다른 시상식은 아무것도 참가 안하고 이것만 했는데, 예의상 하나 정도는 봐줘야죠.

"동현이 나오는 거 전부 다 보는 네가 할 말은 아닌 듯싶다."

종혁의 말에 우형은 작게 웃으며 TV로 시선을 옮겼다.

그는 자신이 알거나 친분 있는 가수들이 상을 받으면 작게 박수를 쳐줌으로써 축하의 마음을 전했다.

모든 시상이 끝으로 달려가고, 마지막 상만이 남아 있었다.

페이머스는 당연히 후보로 올라갔고, 올해 활동을 많이 한 에스테반 역시 올랐다.

합계를 위한 스크린이 모습을 드러냈다.

그렇게 수치가 올라갈 때마다 동현의 표정은 미묘하게 변해만 갔다.

마치 상을 받고 싶은 생각이 없다는 듯이.

하지만 동현의 생각과는 다르게 당연하다는 듯 상은 페이머스에게로 돌아갔다.

동현은 달갑지 않다는 표정을 숨기며 상을 받기 위해 무대 앞으로 나아갔다.

그리고 수상을 맡은 두 유명 MC들에게 상을 받고 그는 소감을 발표하기 위해 마이크 앞에 섰다.

　무언가 약간 비장한 표정을 짓는 것이 아까와 같이 뻔한 말을 할 것 같지는 않았다.

　우형은 숨을 죽인 채 그가 입을 열기를 기다렸다.

　"솔직한 심정을 말씀 드리자면, 저는 이 상이 그다지 달갑지 않습니다."

　동현의 말에 우형은 놀란 듯 눈을 커다랗게 뜨며 브라운관에 비치는 그의 모습을 바라보았다.

　싫어하는 기색이 보이긴 했으나, 그것을 드러내놓고 표현할 줄은 몰랐기 때문이다.

　한참동안이나 그의 말이 이어지고 우형은 말없이 동현의 모습을 지켜만 보았다.

　"사실 복귀하고 나서도 무대에 오를 때마다 함께했던 추억이 떠올라 많이 힘들었습니다."

　대충 눈치는 채고 있었다.

　그가 얼마나 힘들어 하고 있을지.

　방송에서 비치는 모습만 보더라도 전과 같은 화색을 볼 수 없었으니까.

　하지만 뒤로 갈수록 그의 말은 편안하기 그지없어졌다.

　처음엔 힘들었으나 지금은 안정감을 되찾았고, 노력하고 있다는 말이 말이다.

　그는 자신이 지금 그 자리에 존재함에 있어서 누구의 도움이 컸는지 이제는 알게 되었다.

그것은 우형 역시 목소리를 잃고 치료에 힘쓰면서 깨닫게 되었지만 말이다.

"제가 지금의 이 자리에 있게 해주신 모든 분들에게 바치고 싶습니다."

동현이 말한 '모든 분' 안에는 우형 역시 포함되어 있었다.

우형은 아무런 말없이 수상 소감을 발표하는 동현의 모습을 바라보았다.

안면 가득히 잔잔한 미소를 머금은 채.

"그렇게 만나보고 싶으면 연성하 실장이 서프라이즈로 놀라게 해주자고 할 때 한다고 하지 왜 거절했냐."

안종혁의 말에 우형은 며칠 전 자신을 찾아왔던 연성하를 떠올리며 작게 웃었다.

무슨 수를 써서라도 KD 연말 시상식엔 참가하게 할 것이니, 그때 서프라이즈로 동현을 놀라게 해주자는 말이었다.

페이머스만큼 많은 적은 활동에 큰 활약을 한 팀은 얼마 없으니, 상을 받을 것이 분명할 테니 말이다.

하지만 우형은 거절했다.

지금 동현은 우형과 함께했던 시절의 페이머스를 정리하고 있다.

그리고 그 정리는 우형의 눈으로 보기에 끝난 것 같았다.

하지만 바로 그때 우형이 나타난다면?

정리한 것은 둘째 치고 서프라이즈로 나타나는 것 자체에서 동현이 화를 낼지도 모른다.

누구는 기껏 마음 추스르며 기다리고 있는데, 누구는 놀래주겠다며 실실거리고 있으니 말이다.

그러니 우형은 연성하의 제안을 거부했다.

—여러 가지 이유도 있고 지금은 부모님도 돌봐야 해서요.

우형은 옅게 웃으며 종혁에게 스케치북을 내밀었다.

그러고는 마지막 인사를 남기는 MC들의 모습에 그는 미련 없이 TV를 껐다.

"부모님은 좀 어떠시냐?"

—아직 재활훈련 중이세요. 몇 년 동안 안 움직였더니 근육이 다 빠졌다더라고요.

좋은 말은 아니지만 우형의 입가에는 미소가 서려 있었다.

기적적이게도, 우형이 국내로 들어오기 얼마 전 그의 부모님이 동시에 눈을 떴다.

어째서인지는 모르겠지만 두 분은 깨어나시고 페이머스의 앨범을 발견하자마자 펑펑 울었다고 한다.

그렇게 두 사람이 깨어난 것을 병원 사람을 통해 연성하게 알게 되었고, 그 소식을 우형이 국내로 들어오자 바로 알려주었다.

우형은 그 소식을 접하자마자 바로 병원으로 달려갔고, 그곳에서 반가운 얼굴을 마주했다.

몇 년 동안 우형이 일방적으로 그들의 모습을 보았는데, 그

때는 달랐다.

일방적으로 보는 것이 아닌, 마주하지 못했던 두 시선이 마주했으니까.

그야말로 기적이었다.

몇 년 동안이나 의식을 되찾지 못한 사람이 눈을 뜬 것은, 병원 안을 발칵 뒤집어 놓을 정도로 큰 사건이었다.

―그런데… 부모님이 이상한 말을 하셨었어요.

"무슨 말?"

―' 이 앨범 안에 있는 애랑 같은 애를 봤다!' 라고요.

"그게 뭐?"

―이상하잖아요.

우형의 말에 종혁은 슬쩍 미간을 찌푸렸다.

도대체 뭐가 이상하다는 것인지 살짝 이해가 가지 않았던 것이다.

"착각하신 거겠지."

―눈 뜨자마자 본 사람이라 기억한다던데요?

우형의 말에 종혁은 눈썹을 꿈틀거렸다.

무슨 말을 하려는 것인지 도저히 이해가 가지 않는다는 의미했다.

"아!"

하지만 이내 그가 무엇을 말하려는지 알겠다는 듯 작은 탄성을 질렀다.

두 사람이 식물인간이 되었던 것은 우형이 데뷔할 당시 2년째.

우형이 페이머스로 활동하고 치료를 위해 외국에 나갔다 오는 시간을 모두 합치면 거의 4년 가까이 된다.

때문에 우형의 부모님들은 당연히 페이머스의 활동을 본 적이 없다.

그리고 눈을 뜨고 나서 재활훈련 등 바쁜 일정 탓에 동현의 활동을 TV로 볼 여력조차 없다.

게다가 우형은 단 한 번도 동현에게 부모님이 입원하고 있는 병원이나 호수를 알려주지 않았다.

그러니 동현은 우형의 부모님을 찾아갈 수 없다.

그런데 우형의 부모님은 동현을 보았다고 주장을 하고 있다.

확실히 이상하긴 했다.

"동현이가 간다는 말도 안했잖아."

—네, 더 이상한 건 동현이 부모님을 찾아온 날, 두 분이 깨어나셨어요.

"그럴 수도 있지. 단순히 타이밍이 좋았던 거잖아."

—아니 그럴 수도 있긴 한데, 뭔가… 걸리는 게 좀 있어서요.

우형은 고개를 갸웃거리며 턱을 긁적였다.

우형이 동현에게 의문감을 느끼는 것은 이번이 처음은 아니었다.

지난번 사채일 때문에 스트레스로 크게 앓고 있을 때.

동현이 자신의 방을 들어왔다가 손 한번 잡고 나갔다는 것으로 말끔히 나아버렸다.

이때뿐만 아니라 페이머스가 여러 사고에 휘말렸을 때.

동현은 일반 사람의 범주를 뛰어넘을 정도로 빠른 속도로 몸이 회복되었다.

그것은 동현뿐만이 아니었다.

동현보다는 못하지만 우형 역시 사람의 평균 회복 속도보다 몸이 회복되는 속도가 빨랐다.

하지만 그것은 동현이 곁에 있을 때의 소리.

외국에 나갔을 때, 한 번 골절을 입는 사건이 있었는데, 그때는 완전히 낫는데 한 달이 조금 더 걸렸다.

하지만 동현 곁에 있으면 전치 2달은 나올 골절상이 한 달 정도 되었을 때 모두 나아버린 것이다.

아마 전치 한 달이 나온 골절상을 입었을 때, 동현의 곁에 있었다면 2주일도 걸리지 않아서 나았겠지.

─기분 탓이겠죠?

"기분 탓이겠지. 신경 쓰지 마. 중요한 거 아니잖아."

종혁의 말에 우형은 고개를 끄덕였다.

그리고 반쯤 누워 있던 소파에서 일어나 스케치북과 펜을 정리했다.

“잘게요.”

우형은 살짝 걸걸해진 목소리로 말했다.

제대로 아까와 같은 목소리가 나오지 않자 우형은 살짝 미간을 찌푸렸다.

“일부러 목소리 내려고 하지 말고 가서 자.”

“…네.”

“그리고 내일 저녁에 연말정산 보려면 내일 일찍 일어나서 분량 끝내라.”

아무리 12월 31일이라 하더라도 할 건 해야 한다는 그의 말에 우형은 어색하게 웃어보였다.

여전히 스파르타다.

Chapter 03
연말을 장식할 무대

"조명 체크 완료!"

"무대 장비 확인 완료했습니다!"

"리허설 시작할게요, 준비해 주세요!"

대기실 문 너머로 스태프들이 발 바쁘게 움직이는 소리가
들렸다.

"동현아 리허설하고 왔어?"

"한 번 더 하고 올까요?"

그의 말에 옆에 서있던 진영이 얼굴이 새파래지며 말했다.

"절대 싫어, 절대!"

진영은 극구 반대를 하며 이마를 적시는 땀을 휴지로 닦아

냈다.

"리허설하고 왔어요?"

진영의 반응에 동현의 스타일리스트가 그에게 물었다.

진영은 한숨을 내쉬며 말했다.

"리허설만 30분은 했을걸요. 도착하자마자 리허설하고 대기실에 들어온 거니까요."

시간이 지나 다른 가수들이 많이 몰려오면 리허설할 시간이 짧아진다고 했던 동현.

그는 진영에게 에스테반과 함께 리허설이 끝나면 바로 자신에게 찾아오라고 했다.

어차피 무대의 대부분은 한민교의 차지.

주어진 시간의 절반 이상을 한민교 혼자 잡아먹을 터이니 진영의 체력이 딸리는 걱정은 없을 것이다.

게다가 그간 동현과 함께 스파르타식 연습을 했으니 더더욱 그럴 터였다.

리허설을 10분도 되지 않은 채 끝내고 온 진영은 동현의 손에 이끌려 다시금 무대에 올랐다.

동현의 리허설을 위함이었다.

그리고 진영은 진을 쏙 뺄 정도로 완벽하게 하려는 동현의 행동에 허탈한 웃음만을 지었다.

마이크의 울림 조절은 물론 이어폰 볼륨까지.

완전히 음향 감독이 해야 할 일을 동현 자신이 재정비하는 것 같았다.

무대 넓이에 따라 곡의 안무를 조금씩 변경하는 수고까지 해가며 말이다.

그렇게 리허설만 40분.

다음 리허설을 하러 온 팀이 있었기에 망정이지 만일 오지 않았더라면 한참은 더 기다리고 있었을 것이다.

"동현이가 부지런하긴 하지."

스타일리스트는 작게 웃으며 말했다.

부지런해도 지나치게 부지런하다.

보통 리허설은 방송 3시간 전에 와 빨리 도착한 순서대로 한다.

대부분 인기있는 연예인들은 바쁜 스케줄로 본방 시작되기 몇십 분 전에야 도착한다.

하지만 동현은 그러지 않았다.

우형이 빠지기 전의 페이머스는 그 어느 가수들보다, 심지어 신인들보다도 먼저 방송국에 도착한다.

그리고 제일 먼저 리허설을 마친다.

부득이하게 스케줄로 늦어지는 경우를 제외하고 페이머스는 데뷔 초부터 지금까지 그 페이스를 유지해왔다.

그래서인지 음악방송측 감독들은 페이머스의 요구에 잘 따라주었다.

충분히 이름을 날린 가수임에도 불구하고 낮은 자세에서

무대에 임하기 때문이었다.

"그런데 왜 이렇게 땀을 많이 흘리세요?"

동현의 메이크업을 해 주던 스타일리스트가 진영에게 물었다.

그녀의 말에 진영은 티슈를 뽑아 땀을 닦아내며 답했다.

"30분 내내 무대 위에서 방방 뛰어다녀서 그런 것 같아요."

"원래 땀이 많은 타입은 아니시고요?"

"네, 그냥 적당한데… 동현이가 지나치게 땀이 없는 체질은 아닐까요?"

진영은 30분 동안 자신과 함께 무대 위에 있던 그를 보며 말했다.

겨울이라고는 하지만 이곳은 실내다.

게다가 위에서는 뜨거운 조명이 내리쬐고 있다.

그 위치에서 무대 의상으로 갈아입지도 않고 밖에서 들어온 의상 그대로 춤을 췄다.

웬만하게 더위를 타지 않는 사람이라도 땀을 삐질삐질 흘리는 것이 정상.

하지만 동현은 땀을 흘리지 않았다.

"하긴, 땀이 없는 편이긴 하죠."

땀을 얼마 흘리지 않는다는 점에 대해 말하는 진영의 말에 스타일리스트가 공감하며 답했다.

동현이 땀을 흘리는 모습은 너덧 시간 내내 쉬지 않고 연습할 때나 볼 수 있다.

아니면 한여름에 야외공연으로 밖에서 몇 시간을 돌아다녀야 할 때였다.

땀으로 인해 메이크업이 지워지지 않아 스타일리스트의 입장으로서는 좋지만, 지나치게 땀이 없으니 살짝 걱정되기도 했다.

혹시나 몸에 이상이 있는 건 아닌가 하고 말이다.

하지만 병원 검사를 해봐도 몸이 안 좋기는커녕 아주 좋다고 말하니.

그가 땀을 흘리든 흘리지 않든, 그 부분에 대해서는 더 이상 신경 쓰지 않았다.

애초에 겨울에도 반팔 입고 돌아다니면서 춥단 말 한마디 안 하는 녀석이니까.

더위도 잘 안 타는 것이겠지.

심각할 정도로.

"진영아, 메이크업하러 가자!"

진영이 자기 대기실로 가고 한참 스타일리스트들과 왁자지껄 떠들고 있을 때.

누군가가 대기실 문을 두드렸다.

보통 스태프라면 문을 두드리고 바로 열어 용건을 말할 터.

하지만 상대방은 문을 두드리고도 열지 않고 안쪽의 반응을 기다렸다.

대기실 안에 있는 다른 가수들은 동현의 반응을 기다렸다.

대기실 안에 있는 사람 중 동현이 나이도 제일 많았고, 선배였기 때문이다.

동현은 멋쩍은 듯 턱을 긁적이다가 문에서 제일 가까이 있는 사람에게 열어주라 했다.

"어… 형 찾아왔다고 하시는데요?"

한 후배 가수의 말에 대기실 내부에 설치된 TV를 보고 있던 동현은 고개를 돌려 문을 바라보았다.

"누군데?"

"배한결?이라고 하시는데요? 아시는 분이세요?"

후배 가수의 말에 동현은 놀란 표정을 지으며 급히 문 앞으로 다가왔다.

설마 본인이 안 찾아갔다고 직접 찾으러 올 줄은 몰랐기 때문이다.

"진짜 형이에요?"

"그럼 내가 가짜 형이냐?"

그의 얼굴을 보자마자 놀란 듯 묻자 한결은 안면에 불만 가득한 표정을 지으며 말했다.

"어떻게 한 번을 안 찾아오냐?"

그의 말에 동현은 볼을 긁적였다.

사실대로 말하자니 또 다쳤다고 혼날 것 같고, 바빴다고 말하자니 그것 또한 말이 안 됐다.

바쁘더라도 한결을 만나러 간 적이 여러 번 있기 때문이었
다.

물론 지난번 사고 이후에는 단 한 번도 찾아가지 않았지만.

"여기까지 무슨 일이세요?"

"네가 안 찾아오니까 내가 직접 온 거 아니야. 다 늙어가는
사람이 와야겠냐."

한결은 장난스럽게 웃어 보이며 말했다.

"아직 서른도 아니면서 다 늙긴 뭐가 다 늙어요. 일단 들어
오세요."

마음 같아서는 밖에 나가고 싶지만 지금 나간다면 그건 자
살행위나 다름없다.

밖에는 페이머스의 팬뿐만 아닌 여러 아이돌들의 팬이 몰
려 있다.

지금 나갔다간 수많은 사람의 인파에 파묻히겠다는 뜻.

사람 만나기를 즐겨하는 한결조차도 그것만큼은 피하고
싶어 할 것이다.

분명히.

"안에 사람들 있는 것 같은데 괜찮아?"

한결의 말에 동현은 시선을 옮겨 대기실 안에 있는 두 명을
바라보았다.

본래에는 솔로 가수이기에 한 명만 있어야 하는데, 그의 친
구가 와 앉아 있기 때문이었다.

"형 들어오면 쌍방이라 괜찮을 것 같은데요."

어차피 KD는 가수의 사생활을 신비주의마냥 감싸고 도는 것도 아니었으니까.

게다가 한결은 특정 가수를 보고 얼굴을 붉히거나 소리를 지르는 행위는 하지 않으니 말이다.

동현은 한결을 대기실 안으로 들이며 같은 대기실을 사용하고 있는 상대를 바라보았다.

한결에게 신경을 끄고 제 친구를 상대하고 있는 것을 보니 별 걱정은 하지 않아도 될 성싶었다.

"그래서 지금껏 안 찾아온 이유가 뭐야?"

"좀… 많이 바빴어요."

"네가 바쁘다고 안 찾아올 녀석이냐. 사고 나면 한 번은 꼭 찾아왔던 녀석이."

한결은 미간을 찌푸리며 물었다.

"기다리셨어요?"

"당연한 거 아니야?"

한결이 신경질적인 목소리로 말했다.

"쓸데없이 자잘한 사고 때는 잘만 찾아오더니 큰 사고 나고 나서는 오지도 않아."

불만스러운 듯 불퉁하게 말하는 그의 태도에 동현은 낮게 웃었다.

아무래도 한결은 사고가 난 이후 동현이 자신을 찾아오지 않았다는 것에 대해 화가 난 듯싶었다.

뭐, 이번에는 꽤나 큰 사고였으니까.

"우형이는 어떠냐?"

한결의 물음에 조곤조곤한 이야기 소리가 들려오던 대기실 안이 물을 쏟아부은 듯 조용해졌다.

지금껏 아무도 동현에게 대놓고 그에 대한 안부를 물은 이가 없었으니까.

물었더라도 동현이 제대로 대답해 줄 사람도 아니고 말이다.

"모르겠어요."

"네가 모르면 누가 알아?"

한결의 물음에 동현은 대수롭지 않다는 듯 어깨를 으쓱이며 말했다.

"치료받으러 외국 나간 이후로 연락이 없어요. 연락처도 모르고."

"친구 맞냐."

"일단 맞아요."

"우형이도 참, 이런 놈을 친구라고……."

한결은 혀를 찼다.

하지만 그가 우형에게 연락을 하지 않았다고 핀잔을 주지는 않았다.

그것이 동현의 성격임을 알았기 때문에.

그가 돌아오기를 동현은 그 자리를 지키며 기다리는 것을 알기 때문에 말이다.

"오늘 구경하고 가실 거죠? 맨 앞자리로 자리 하나 빼드릴까요?"

"사람이 많이 안 미는 곳으로."

"아이돌 콘서트 장에서 그런 거 바라지 마세요."

"형 늙어서 젊은 애들이 치고 나오면 그 자리에 그대로 묻혀."

한결은 사뭇 진지한 표정으로 말했다.

동현은 그의 말에 킬킬대고 웃으며 말했다.

"사람 없는 곳은 대기실이 제일 없죠."

"그럼 그냥 여기서 볼란다."

"그러면 집에서 보나 여기서 보나 똑같은 거잖아요."

동현의 말에 한결은 손을 휘휘 저으며 말했다.

"사람들한테 깔려 죽는 것보단 나아."

어차피 다른 가수들의 무대가 아닌 동현의 무대를 보러 왔다는 한결.

그의 말에 동현은 작게 웃으며 알았다고 고개를 끄덕였다.

한참 이야기꽃을 피우고 있자 코디네이터 중 하나가 말했다.

"곧 시작할 텐데 옷 갈아입어야지."

방송국에 오기 전까지 연습실에 있었기 때문에 아직까지

동현은 사복 차림이었다.

코디네이터는 그런 동현에게 정장을 건네주며 탈의실로 그를 밀어 넣었다.

"제 할 일도 잊어먹다니, 꽤 반가웠나 보네요."

스타일리스트가 메이크업을 하기 위해 화장품을 정리하며 말했다.

"동현이 녀석, 평소에 어떻게 일해요?"

한결의 물음에 그녀는 동현이 들어간 탈의실 부분을 힐끗 바라보며 말했다.

"대한민국 대표의 워커홀릭이라고 해도 될 만할 정도로 일하죠."

때문에 다른 솔로 가수의 스타일리스트는 두어 명이지만 동현은 그렇지 않았다.

많은 스케줄과 해외 활동까지 겸하니 그것을 다른 담당 스타일리스트들이 못 따라가는 것이었다.

물론 매니저인 무혁 역시 말이다.

때문에 동현을 담당하는 스타일리스트나 매니저는 다른 가수들에 비해 배는 많았다.

마치, 솔로 가수가 아닌 오인조 그룹을 담당하는 것 같이 말이다.

"예나 지금이나……."

"아, 어디서 뵌 것 같다 했더니, 동현이가 데뷔 전에 찍었던 다큐에서 나왔던 분! 맞죠?"

"아, 예."

한결의 대답에 스타일리스트는 어째서 둘이 사이가 좋아 보였는지 알겠다는 듯 고개를 끄덕였다.

동현과 함께 일을 해본 사람이라면 동현이 친한 사람에게 는 어떤 식으로 행동하는지 잘 알기 때문이었다.

"실물이 훨씬 나으시네! 바로 연예인 데뷔하셔도 되겠어 요!"

"그 형은 성격상 연예인 못할 걸요."

"내가 뭐 인마!"

"형 무시당하는 거 싫어하시잖아요."

동현의 말에 한결은 고개를 끄덕였다.

그의 그런 대답에 동현은 데뷔 초, 페이머스는 물론이고 일반 연예인이 얼마나 무시를 당하는지 대충 설명해 주었 다.

동현의 설명을 들은 한결은 미묘하게 표정이 굳더니 말했 다.

"넌 그걸 잘도 참았다, 네 성격에."

"안 참으면 어쩌겠어요. 그래도 저는 약과였죠. 다른 신인 들은 더 심했어요."

"그래도 유명해지면 무시 못하지 않아?"

"유명해지는 것도 유명해지는 것 나름이죠. 한국 안에서 유명해 봤자 아무런 소용없어요."

요새는 K—pop이 유명하기 때문에 이름없는 가수의 노래라도 외국인들은 한 번쯤 들어본다.

게다가 요새는 해외 진출도 아이돌이라면 필수 코스다.

그런데 국내에서만 인기가 있다면?

그건 양산 아이돌로 양성된 게 아니라고 하더라도 자연적으로 그렇게 되어 버리게 된다.

아니면 쥐도 새도 모르게 해체되어 버린다든지.

"그래도 스폰서하고 기획사만 잘 만나면 떼돈 벌어요."

"네가 떼돈 벌 만큼 일하고 있는 게 아니라?"

"어… 그런 것도 있고요."

동현의 대답에 한결은 작게 웃었다.

우형이 떠났다는 이야기를 뉴스에서 듣고 어쩌고 있나 걱정이 됐었는데, 별 걱정하지 않아도 될 것 같았다.

"자, 앉아. 동현아 메이크업하자. 앞으로 한 시간 후면 시작하니까."

코디의 말에 동현은 의자에 앉아 그들의 손길을 받았다.

여러 사람이 한 사람에게 달라붙어 머리 세팅은 물론 화장까지 해주는 관경에 한결은 어색하게 웃었다.

연예인들이 이렇게 사는 것은 알고 있었으나 직접 자신의 눈으로 보는 것은 처음이기 때문이다.

"완전 왕 대접받는구만."

"왕 대접받고, 노예처럼 부려 먹힘을 당하죠."

"움직이지 마! 다시 해야 하잖아."

메이크업과 모든 무대에 오를 준비가 끝나자 무대 순서가 적힌 표를 본 스타일리스트가 말했다.

"의상은 급하게 갈아입지 않아도 되겠다. 그래도 느긋하게 있다가 오지는 마."

"네."

스타일리스트는 무대 의상에 맞는 액세서리를 책상 위에 진열해 놓고 말했다.

"준비 끝!"

메이크업을 담당한 코디가 말하자 다른 이들 역시 제 할 일을 다하고 쉬자는 듯 분주하게 움직였다.

동현이 다른 무대에서 입을 옷들을 정리하며 말이다.

그렇게 한참 이야기꽃을 피우며 각자의 시간을 가질 때쯤.

한 해를 마무리하는 연말 콘서트가 막을 열었다.

*　　*　　*

처음 시작은 모든 참가하는 가수들이 나와 합창으로 무대를 연다.

올 한 해는 K—pop도 K—pop이지만 뮤지컬이 흥행을 이루었다.

때문에 뮤지컬로 진출한 몇 가수들이 리드를 하고 타 가수들은 코러스를 넣어주었다.

어찌 보면 뮤지컬을 한 가수들을 띄워주는 무대라고 생각할지도 모르겠지만, 다른 이들은 불만을 토해내거나 하지는 않았다.

어차피 연말 무대는 모두가 화제에 오르고 모두가 주인공이 되는 무대니까.

참가자 전원은 무대에 나가 분위기를 후끈하게 달아오르게 만들어 놓았다.

그 분위기를 이어 올해 많은 시선을 받았던 대형 신인이 무대에 올랐다.

웅장한 MR이 무대 위에 깔리고 동현은 옷을 갈아입기 위해 대기실로 발걸음을 옮겼다.

오프닝 곡은 남자가수는 전원 정장 차림이었으니까 말이다.

대기실로 돌아온 동현은 코디들이 미리 준비해 놓은 옷으로 갈아입고 액세서리를 착용했다.

"TV에서 보는 유동현이 눈앞에 있네."

한결은 무대 의상을 갖춰 입은 동현을 보고 신기하다는 듯 말했다.

"나이트클럽에서 일하던 시절의 유동현 하고 똑같은 사

람인데요, 뭐.”

그의 말에 가볍게 대꾸해 준 동현은 구두에서 의상에 맞는 신발로 갈아 신었다.

그리고 그는 대기실 내부에 있는 소파에 풀썩, 소리가 날 정도로 앉았다.

“머리 안 닿게 조심해라! 세팅하려면 힘들다!”

“예이.”

장난스럽게 답한 동현은 TV로 눈을 돌렸다.

마이크를 쥐고 땀을 삐질삐질 흘리며 춤추고 노래를 부르는 후배 가수의 무대를 보는 동현.

그의 입에는 그런 모습이 보기 좋다는 듯 미소가 걸려 있었다.

＊　　　＊　　　＊

“페이머스! 3분 전입니다 스탠바이해 주세요!”

오프닝 이후 얼마나 쉬고 있었을까.

드디어 온 동현의 차례에 그는 소파에서 일어나 크게 기지개를 켰다.

리허설 때부터 시작해 본방이 이어질 때까지.

자그마치 3시간 반 이상을 가만히 앉아 한결과 이야기하며 보냈던 동현으로서는 지루할 수밖에 없는 상황이었다.

한결이야 후배 가수가 동현에게 인사를 하러 대기실에 들리는 모습을 보며 재미있어 했지만.

동현에게는 언제나 있는 일이니 아무런 감흥을 느끼지 못할 수밖에 없는 것이다.

"동현아 가자!"

옆 대기실에 있던 진영이 손부채질을 하며 나타났다.

현재 다른 가수들이 하고 있는 무대의 직전이 에스테반의 무대였던 탓에 진영은 살짝 지친 기색을 하고 있었다.

"할 수 있겠지?"

"당연하지. 내가 이 무대를 에스테반 무대보다 더 연습했는데."

동현의 말에 진영은 작게 키득이며 답했다.

동현은 힘내라는 듯 진영의 어깨를 두어 번 두드리며 발걸음을 옮겼다.

물론 그의 어깨를 두드릴 때 마나를 불어넣어 주는 것을 잊지 않고 말이다.

[호오, 이제 능숙하게 하는구먼.]

'몇 번 하면 자연스럽게 할 줄 알아야죠. 제가 둔재는 아니잖아요?'

[껄껄껄! 그렇긴 하네. 열심히 하고 오시게나.]

'다녀올게요.'

동현은 작게 웃으며 무대 뒤편으로 갔다.

　동현과 진영을 기다리고 있던 스태프들은 무대에 있던 가수들이 들어가자 무대로 향하는 문을 열어주었다.

　문이 열리자마자 뛰듯이 무대 중앙으로 향한 동현.

　그가 모습을 드러내자 커다란 환호성이 울려 퍼졌다.

　페이머스의 팬임을 나타내는 야광봉과 풍선 그리고 플랜카드가 눈앞에 흔들렸다.

　동현은 그런 팬들 앞에서 대략 삼십 초간의 파워풀한 댄스를 선보였다.

　그리고 음악이 멈추는 순간.

　모자로 얼굴의 반을 가린 진영이 Dream Star에서조차 보이지 않았던 화려한 춤을 추며 모습을 드러냈다.

　그의 등장에 관객들은 꽤나 놀란 듯싶었다.

　'쟤 김진영 맞아?'

　'엄청 많이 연습했나 보다!'

　'처음 뒷모습 이우형인 줄 알았어!'

　등의 여러 반응을 보였다.

　처음 페이머스를 소개할 때, 합동으로 진영이 한다고 얘기하지 않았으면 모두 속아 넘어갈 판이다.

　동현은 그런 반응에 살짝 웃으며 습관처럼 이어마이크를 만지작거렸다.

　그리고 MR이 바뀌어 노래가 시작되는 그 순간!

　동현의 입에선 강렬하고도 매력적인 목소리가 폭발적으로

튀어나왔다.

하지만 독보적으로 나가는 목소리가 아니었다.

진영의 목소리가 묻히지 않게 조화를 이루는 그러한 목소리였다.

매일 고된 연습 탓이었을까.

격한 춤을 추며 노래를 하면 음색이 흔들리게 마련이다.

그것은 연습에 연습을 하는 가수가 아니라면 모두에게 통용되는 것.

에스테반에 속해 있는 진영 역시 마찬가지였다.

하지만 동현과 함께한 연습 탓인지 격한 춤을 추고 있음에도 불구하고 그의 음색은 흔들리지 않았다.

그런 진영의 발전을 보고 있는 관객들과 연예계의 일에 종사하고 있는 이들은 놀람을 금치 못했다.

Dream Star 출신이긴 하지만 가창력도 고만고만한 실력을 지닌 것으로 평가되던 그였다.

내세울 것이라고는 남들보다 조금 잘난 춤이었다.

하지만 그것도 연예계로 들어오면서 다른 이들과 비교되기 시작하다 보니 진영은 그리 뛰어난 실력자가 아니었다.

그저 그런 연예인 중 하나로 인식되어 버린 것이 바로 진영이라 할 수 있었다.

때문에 에스테반이라는 그룹에 있음에도 불구하고 묻혀 버린 것이다.

하지만 오늘 무대에 선 진영은 지금껏 관객들이 봐왔던 모습과는 달랐다.

지금까지의 김진영이라고는 생각도 할 수 없을 정도로 실력이 늘어 있던 것이다.

이러한 무대에 페이머스의 팬들은 물론, 에스테반의 팬들도 한껏 달아올랐다.

진영 개인적인 팬은 아니지만, 에스테반의 멤버가 실력이 좋아졌다는 것에 기분이 좋아진 듯싶었다.

Betrayal와 팬텀의 리믹스 무대가 끝나고 진영이 무대 뒤로 사라졌다.

동현은 조금도 흐트러지지 않은 호흡으로 무대 정중앙에 섰다.

카메라가 가까이 다가와 동현의 모습을 비췄다.

그 순간 동현의 솔로곡인 노스탤지어의 MR이 깔렸다.

그와 동시에 동현의 분위기가 바뀌었다.

아까는 진영의 뒤를 봐줌과 동시에 자신의 매력을 어필했다면 지금은 달랐다.

다른 사람의 목소리를 돋보이게 해줄 필요도 없다.

오직 자기 자신의 목소리만 눈에 띄면 된다.

동현은 비트에 맞게 안무를 추며 마나를 움직였다.

그 마나는 동현의 전신에 퍼졌고, 이내 은은한 빛을 뿜어냈다.

매혹적인 목소리와 화려한 춤.

거기에 마나로 인한 신비로운 빛까지 더해져 동현의 매력을 더욱 상승시켰다.

손을 한 번 휘두를 때마다.

발을 한 번 구를 때마다.

입을 한 번 열 때마다.

사람들은 동현의 모습에 현혹되고 얼굴을 빨갛게 물들였다.

노래가 막바지로 흘러가고, 모든 파트가 끝났을 때, 갑작스레 동현이 손을 앞으로 뻗었다.

그리고 그 순간 믿을 수 없는 일이 벌어졌다.

동현의 뒤에서 푸른빛을 머금은 수천 마리의 나비가 날아오른 것이다.

"우와!"

커다란 탄성이 콘서트 홀 안을 가득 매웠다.

나비들은 어두운 홀 내를 환하게 비추다가 흐드러지듯 공기 속에 녹아들었다.

한참동안 멍하니 그 관경을 바라보던 사람들은 하나같이 멋있다는 말을 아끼지 않았다.

그만큼 아름다운 관경이었기 때문이다.

"감사합니다!"

모든 나비들이 모습을 감추었을 때.

타이밍 맞게 곡이 완전히 끝이 났다.

동현이 팬들에게 인사를 건네고 들어가자 멍하니 있던 스태프들은 하나같이 웅성이며 말했다.

"저런 CG는 준비한 적 없는데? KD 쪽에서 한 건가?"

놀랍지만 사전 예고도 없던 일에 스태프들은 머리를 긁적였다.

하지만 이내 자신들에게 돌아온 피해가 없으니 준비한 CG에 감탄하기만 할 뿐, 무어라 재제를 가하진 않았다.

동현의 무대는 예상대로 큰 파장을 일으켰다.

공연을 보러 온 사람들뿐만이 아닌 카메라를 통해 전국 그리고 해외까지 퍼져 나간 방송.

그것을 본 사람들은 동현의 무대와 CG퍼포먼스에 감탄을 금치 못했다.

동현의 무대는 기자들에 의해 삽시간 만에 인터넷을 달궜다.

그뿐만 아니라 진영의 실력변화 역시 동현의 퍼포먼스의 뒤를 이어 화제가 되었다.

"언제 그런 걸 다 준비했어?"

무대에서 내려와 이어마이크를 벗어 스태프에게 건네주자 기다리고 있던 진영이 물었다.

"즉석."

동현은 개구쟁이처럼 웃으며 말했다.

그의 말에 진영은 이해가 가지 않는다는 듯 고개를 갸웃거
렸다.
하지만 이내 답을 찾아낼 수 없음에 어깨를 으쓱이고는 동
현의 뒤를 따랐다.

Chapter **04**
2주년 그리고 그

　동현은 시상식은 물론, 연말 공연까지 모두 성공적으로 끝마쳤다.

　진영의 일도 동현이 생각한 대로 흘러갔고 말이다.

　예상대로 그 무대로 진영은 많은 사람들의 입에 오르내렸다.

　물론 좋은 쪽으로 말이다.

　그에 대한 평가는 사람마다 가지각색이었다.

　그동안 한민교의 활동에 묻혀 빛을 발휘하지 못했다는 사람.

　프로보다 더 프로 같은 동현이 서포트를 해주어 제 끼를 발휘하는데 도움이 되었다는 사람.

　소속사측에서 한민교만 띄워주어 김진영이 뜨지 못한 것이라는 사람.

　지금껏 김진영이 자신의 끼를 감추고 있었다는 사람 등, 여러 의견이 나왔다.

　하지만 모든 의견은 김진영을 좋게 말하는 것들이었다.

　그렇기에 소속사 측에서는 진영을 버리는 패가 아닌 사용하는 패로 끌어들였다.

　무대 이후 진영을 지원하겠다는 스폰서가 생겨난 것은 당연지사.

　피처링에 도움을 줄 수 없냐는 문의 또한 쇄도했다.

　게다가 한민교뿐만 아닌 김진영 하나만을 부르는 스케줄도 많아졌다.

　데뷔 초와 비슷한 상황이 된 것이다.

　한민교와 김진영만이 파트가 지나치게 많았던 그 시절로 말이다.

　후로 가면서 소속사가 한민교만 밀어주다 보니 진영의 인기가 떨어져 버렸지만 지금은 회복되었다.

　인기 또한 데뷔 초와는 비교할 수 없을 만큼 높아졌고 말이다.

　때문에 QJ 기획사에서는 다음 솔로는 한민교가 아닌 김진영으로 추진할 생각을 하고 있다고 한다.

한민교만 솔로앨범을 내니 팬들이 ‘다른 멤버는 내지 않냐’ 라는 질문을 하기도 하니 말이다.

＊　　＊　　＊

[방송 효과 하나가 끝내주는구먼!]
인터넷에 뜬 뉴스기사를 동현과 함께 읽어 내려간 유그아닌이 말했다.
“이게 21세기 퀄리티예요.”
동현은 작게 키득이면서 대답하고는 손에 들고 있던 태블릿을 테이블 위에 던지듯 내려놓았다.
새해가 된지 한 달이 훌쩍 지났다.
우형에게는 ‘새해 복 많이 받아!’ 라는 말이 적힌 팩스 한 장밖에 받아보지 못했다.
그것도 연성하 실장을 통해 받은 것 말이다.
동현은 슬쩍 웃으면서 우형의 핸드폰으로 ‘너도’ 라는 답장을 보냈지만 말이다.
우형이 국내에 들어와 있는 것은 그가 들어오자마자 알았다.
찾아가 보지는 않았지만 그가 들어온 것이 확실했다.
사람마다 제각각에 맞는 마나의 체취가 있는데 어느샌가 우형의 향이 나기 시작했기 때문이다.

　게다가 유그아닌마저도 우형이 돌아온 것이 맞는 것 같다고 했으니까.

　나타나지 않는 이유는 동현으로서는 모른다.

　단지 추측하고 있다면 아직 제대로 목이 낫지 않았다는 사실이나 교육을 덜 받았것 정도.

　그저 둘 중 한 가지 이유로 인하여 나타나지 않는 것이라 생각하고 있는 상태다.

　늦게 나타났다고 핀잔을 줄 생각 따위는 없다.

　구태여 왜 연락하지 않았냐고 멱살을 잡고 흔들 생각 역시 없다.

　돌아오겠다고 한 이상, 어느 정도의 시간이 걸리든 제가 알아서 돌아올 테니까.

　동현은 늘어지게 하품을 했다.

　솔로 활동은 1월 중순에 막을 내렸다.

　보통은 앨범 활동을 끝마쳐도 오락프로그램이나 라디오를 하지만 동현은 하지 않았다.

　말재주도 없는 데다가 순전히 귀찮았기 때문이다.

　소속사에서는 다음 앨범 작업 때까지 음악활동 이외는 하고 싶지 않다는 동현의 말을 들어주었다.

　지금껏 동현이 해낸 스케줄의 양도 있었으니 말이다.

　물론 이사는 반대했겠지만 연성하 실장님이 어떻게 그를

잘 구슬린 모양이었다.

무혁에게 일거리가 있다며 숙소로 쳐들어오지 않는 것을
보니말이다.

[오늘은 어디 안 나갈 겐가?]

"가야 할 곳은 다 다녀왔죠."

동현은 자신에게 주어진 자유시간이 지루하다는 듯 긴 하
품을 내쉬며 소파에 몸을 던졌다.

"그나저나 참 많이 변했네요."

동현은 멍하니 천장을 바라보며 말했다.

몇 년 전까지만 해도 누워서 바라본 천장이 한 시야에 다
들어올 정도였는데.

이제는 고개를 크게 돌려도 모자랄 정도다.

Dream Star을 포함해 3년.

많은 것이 변했다.

작기만 했던 집은 커다랗게 변했다.

하루라도 일을 쉬면 줄어들 수입에 걱정하고 대학 등록금
에 골골 댈 필요가 없어졌다.

만날 친구라고는 함께 일하던 나이트클럽 사람들밖에 없
었던 동현에게 많은 친구가 생겼다.

물론 그들도 같은 업종자이긴 하지만.

그리고 지금은 제일 하고 싶은 일을 하고 있다.

많은 사람에게 사랑을 받으면서 말이다.

동현에게 있어서 Dream Star 때부터 지금까지는 그의 인생의 전성기라고 할 수 있었다.

사건사고도 지나칠 정도로 잦았지만 그것은 헤일드 탓이 컸으니까.

게다가 유그아닌을 만나 거짓말과 같은 놀라운 힘을 손에 얻었다.

유그아닌을 만났기 때문에 죽을 뻔한 적이 한두 번이 아니었지만.

하지만 그를 만났기에 많은 도움을 받았고 이 자리까지 왔다.

함께 있던 우형이 이끌어준 것도 있지만 유그아닌 역시 큰 도움을 주었다.

애초에 그를 만나지 못했다면 크고 작은 사고에 동현은 죽고 말았겠지.

"3년이 짧은 것 같은데 많은 게 변하네요."

[맞는 말이긴 하네만, 인생 다 산 사람처럼 그게 뭔가?]

동현의 생각을 읽은 유그아닌이 혀를 차며 말했다.

인생 다 살고 지난 일을 회상하는 늙은이 같은 행동을 한다고 생각한 것이다.

"유그아닌, 그러다가 추억을 회상하는 모든 국민들에게 몰매 맞아요."

[허허허! 볼 수나 있을는지 모르겠구먼!]

유그아닌의 말에 동현은 아깝다는 듯 혀를 찼다.

그렇게 한참을 빈둥거리고 있을 때 동현의 방 안에서 벨소리가 울렸다.

전화가 온 것이다.

[자네, 전화 온 것 같네만?]

동현은 휴대전화가 울림에도 불구하고 받으러 갈 생각을 하지 않았다.

"귀찮은데……."

동현은 진심으로 귀찮다는 듯 머리를 긁적이며 상체를 일으켜 세웠다.

그러고는 손을 쭉 뻗었다.

[에잉…….]

유그아닌의 마음에 들지 않는 듯 한 음성과 함께 동현의 손 끝에선 푸른 실과 같은 것이 뻗어져 나왔다.

그것은 동현의 방 안까지 길게 뻗어져 나가 방 안에 있는 휴대전화를 띄워 갖고 왔다.

마나를 실처럼 뽑아 물건을 띄우는 기술.

옛날 유그아닌이 가르치려 했지만 동현이 어렵다고 다 배우지 못한 것이었다.

지금에야 능숙한 것으로도 모자라 아주 자연스럽게 다루고 있지만 말이다.

마나를 이용해 휴대전화를 가져온 동현은 발신자가 무혁

임을 확인하고 전화를 받았다.

"여보세요?"

—실장님이 전하래.

"뭘요?"

—페이머스 2주년 이벤트.

갑작스러운 그의 말에 동현은 입을 다물었다.

2주년 이벤트라니.

이 말을 꺼내는 것은 당연히 동현에게 무엇을 할 것인지 생각하라고 하려 함이리라.

"어… 그걸 왜 저한테 말하세요."

—생각해 놓으라고

"무리가 아닐까요."

—무리는 무슨 무리. 2주일 주신다더라. 끊는다.

"형, 잠깐, 형!"

잠깐이라도 말을 늘려 연성하를 함께 설득하려고 할 셈이었는데.

야속하게도 무혁은 제 할 말만 하고 전화를 끊어 버렸다.

무혁의 행동에 한숨을 쉬며 휴대전화를 바라보던 동현은 긴 한숨을 쉬며 핸드폰을 던지듯 내려놓았다.

"…2주년 이벤트라니."

동현은 머리를 긁적였다.

작년 같은 경우에는 게릴라 콘서트였다.

아무런 예고도 없이 사람이 많은 곳을 찾아간다.

그리고 사람들에게 '어디에서 몇 시에 콘서트를 할 것이니 와라!'라고 말한다.

그렇게 서울에서 사람이 많은 곳이라고 유명한 곳을 모두 돌아다닌 동현과 우형은 야외 콘서트장으로 미리 가 있었다.

이것은 우형이 낸 의견이었지만 사실 성공할 것이라고는 생각하지도 못했다.

페이머스의 데뷔 날은 2월.

1주년 역시 2월 달인데 날씨는 살얼음만큼 춥다.

게다가 실내 콘서트장도 아니고 야외다.

준비된 것이라고는 앉을 수 있는 의자와 휴대용 담요 백여 개뿐.

백 명 정도가 와도 감지덕지 할 판이었던 것이다.

하지만 결과는 의외였다.

페이머스의 인기를 눈으로 보여주는 것 같은 결과가 나온 것이다.

수용할 인원수가 500명이라 생각하고 만들어 놨던 야외무대.

하지만 온 사람은 천 명이 훨씬 넘어가는 숫자였다.

그런 대인원 탓에 1주년 이벤트를 준비하던 KD 소속 스태프들은 급히 의자를 조달해 오기 시작했다.

뿐만 아니라 날이 추우니 이불이나 담요 덮을 만한 것들을 모두 갖고 왔다.

그렇게 시간이 지나자 사람들은 둘셋씩 모여 이불과 담요를 휘 두르고 게릴라 콘서트가 시작되기를 기다렸다.

본래 시작 예정 시간은 오후 5시.

하지만 5시도 되기 전에 천 명이 넘는 인원이 모인 탓에 콘서트는 30분 일찍 시작되었다.

원래 모으기로 한 인원도 모였고, 추운 날 마냥 기다리게만 할 수는 없기 때문이었다.

무대에 오르자마자 동현이 마나를 퍼뜨려 주위의 온도를 높여 다행히 감기에 걸린 사람은 많이 없던 것 같았다.

하지만 콘서트가 끝날 때쯤엔 동현의 마나가 바닥을 치달려 결국 힘들었던 것은 동현뿐.

1주년이라는 의미도 있고 팬이 직접 참여하는 콘서트 방식이라 여운도 있었지만 힘들었다.

다시는 그런 힘든 일은 하고 싶지 않다고 생각될 정도로 말이다.

"올해는 무조건 실내."

[작년 같은 일이 벌어질까 봐 그런가?]

"그렇죠."

[이제 자네 마나나 실력으로는 몇천 명의 사람을 따뜻하게 덥혀줄 정도가 될 텐데?]

유그아닌의 말에 동현은 슬쩍 미간을 찌푸리다가 이내 고개를 내저었다.

작년과 같은 것을 두 번 반복하는 것은 좋은 것이 아니니까.

게다가 또 실외에서 했다가 페이머스 팬들에게 '실내에서 좀 합시다!' 하는 소리를 들을 것 같고 말이다.

"어쨌든 올해는 실내예요."

내년에 실외에서 하는 경우가 있더라도 올해는 무조건 실내라는 동현.

그의 말에 유그아닌은 마음대로 하라는 듯 어깨를 으쓱였다.

[실내 실외가 중요한 게 아니라 무엇을 하는가가 중요한 게 아닌가?]

"그렇긴 하죠."

한참 동현이 무엇을 해야 좋을지 고민하고 있는 찰나 휴대전화가 울렸다.

"실장님? 혼자 생각하는 건 아무래도 무리……."

―아, 일단 내 말 들어봐. 이 말을 전해주는걸 잊어서 말이야. 이번 2주년에 우형이 오기로 했으니까 그렇게 알고 생각해 둬.

"잠시만요, 갑자기 우형이라뇨?"

―어쨌든 난 정했다. 일이 바빠서 끊는다. 수고해라.

역시나 제 할 말만 하고 끊는 연성하의 행동에 동현은 긴 한숨을 내쉬었다.

2주년 이벤트는 그렇다 치고 갑자기 우형이가 온다니?

무슨 귀신 시나락 까먹는 소리라더냐.

동현은 머리를 헤집었다.

"작년에 우형이가 생각했다고 올해는 나한테 전부 떠넘길 셈이로구먼……."

일이 바쁘더라도 웬만하면 먼저 전화를 끊지 않는 연성하가 그렇게 행동을 하니, 100%라고 믿을 수밖에.

동현은 두 발을 쭉 뻗고 소파에 드러누웠다.

"우형이도 오면 그 녀석 건강 생각해서 당연히 실내로 해야 할 거고……."

[안 와도 실내로 할 작정이었으면서 은근슬쩍 끼워 넣지 마시게나.]

"뭐 어때요."

[그래서 어떻게 할 셈인가?]

"기다려보세요, 생각하고 있잖아요."

*　　*　　*

"해서, 이렇게 하는 게 나을 것 같아요."

정확히 2주일이 되는 날.

아무런 연락도 없던 동현이 회사까지 찾아와 자신이 생각
해 낸 자료들을 연성하에게 넘겨주며 말했다.

연성하는 그가 써온 자료들과 설명을 들으며 고개를 끄덕
였다.

"작년에 우형이가 했던 것보다는 확실히 더 안전하겠네.
그럼 일단 공식 홈페이지에 공지 올려놓으마."

"네, 제가 뭐 준비해야 하는 거 있어요?"

동현의 물음에 연성하는 왜 당연한 것을 묻냐는 듯한 시선
으로 그를 바라보았다.

"팬들 선물 정도는 네가 준비해 놔. 인원도 적잖아."

"누가 올 줄 알고요. 성별은요."

"남자 가수 2주년 이벤트에 남자가 오겠냐."

"페이머스는 남자 팬도 다수 보유하고 있는데요."

동현의 말에 연성하는 한숨을 내쉬며 말했다.

"그럼 골고루 준비해 놓든지."

"누구 돈으로요?"

동현의 말에 연성하는 지갑에서 회사 카드를 꺼내주며 말
했다.

"돈도 많은 녀석이 팬한테 떡고물 하나 안 넘겨주려고 그
러냐."

"개인적인 이벤트가 아니잖아요. 저도 이거 생각해 내느라
2주일 내내 골머리 썩었다고요."

"그래그래. 일단 준비할 테니까 너도 개인적으로 준비해 둬."

연성하의 말에 동현은 고개를 끄덕이며 회사를 빠져나왔 다.

그 후로 준비는 일사천리였다.

동현이야 연성하가 준 카드로 적당히 선물을 구입하면 되 는 것이었으니까.

KD 측 역시 빠른 속도로 페이머스의 2주년 이벤트를 위해 발 바쁘게 움직였다.

동현이 말한 이벤트의 규모는 큰 것은 아니었으니 웬만한 준비가 필요한 것이었으니까.

자칫하면 안 좋은 일이 벌어질 수도 있으니 말이다.

작년과는 비교도 되지 않을 만큼 인기가 많아진 페이머스 이다 보니 더 안전을 생각해야 했다.

혹 안 좋은 일이 벌어지면 기자들은 웬 고기냐! 하며 달려 들 것이 뻔했다.

동현이 제안한 의견은 많은 인원을 필요로 하는 것이 아니 었다.

워낙 귀찮은 것을 싫어하는 동현이다 보니 간단한 것을 원 했던 것이다.

어차피 2주년 이벤트를 진행하는 데 주어진 시간은 단 3시 간.

싫든 좋든 3시간은 팬들과 같이 있어야 한다는 것이다.

상대방이 진상이라고 하더라도 말이다.

그러니 그 3시간을 힘 많이 안들이고 보내고자 하는 것이다.

동현의 의견은 많은 팬 중에서 열 명 이쪽저쪽의 사람을 추려내 초청해 파티를 하는 것이었다.

파티에서 있는 일은 촬영을 해 특정 홈페이지에 방송을 하거나 촬영 후 공식 홈페이지에 업로드하는 식으로 진행할 예정이다.

물론, 당첨되지 못하는 팬들의 입에서는 불만이 나올 것이다.

하지만 이러한 방식이 KD 측에서도 준비하기가 쉽다.

대인원을 수용하는 것보다 소인원을 맞이하는 것이 간편하니까.

게다가 사람이 많으면 무슨 사고가 벌어질지도 모르고.

페이머스의 팬을 초대하는 것에 대한 공지는 공식 홈페이지에 올라간다.

참가하는 사람들은 페이머스의 정식 팬.

그리고 이번에 낸 동현의 솔로앨범을 구매한 사람들 중 추첨을 통해 이루어진다.

상술이 섞여 있긴 하지만 별수없다.

이것도 일종의 비즈니스니까.

추첨을 통해 뽑힌 사람들에게는 작은 규칙이 주어진다.

촬영 도중, 상대방을 비하하는 발언 또는 욕설을 사용하지 말 것.

지나친 스킨십 또는 가수가 기분 나빠 할 행동은 자제할 것.

번호를 물어보는 등 사생활을 캐내는 일은 하지 말 것.

모두 다 조금만 신경 쓰면 지킬 수 있는 내용들이었다.

"반응은 어때요?"

페이머스 2주년 파티에 관한 내용이 공식 홈페이지에 올라가고 며칠 후.

몸을 풀어주기 위해 연습실로 향하던 동현이 연성하를 찾았다.

그에게 반응을 물은 결과, 나쁘지 않은 결과가 나왔다.

'어느 누구나'가 아니라는 점에 살짝 아쉬워하는 경향은 보였으나 동현이 낸 의견에 반발하는 사람은 없었다.

"반응이 어떻든 어차피 추진은 하는 거니까. 열 명 목록 뽑아놨어. 가져가서 봐."

연성하는 A4용지 두어 장을 동현에게 내밀었다.

그리고 그는 바로 컴퓨터를 두드리며 이번 일에 대한 보고서를 쓰고 있었다.

연성하의 일이 바쁘다 생각한 동현은 종이를 받아든 채 즉시 연습실로 향했다.

어차피 이들이 오게 될 테니, 얼굴과 이름 정도는 기억해 두는 편이 좋겠지.

곧 볼 사람이니까.

시간은 금방 다가왔다.

파티에 관한 준비는 KD에서 전면 다 했고, 동현은 간단한 멘트만 준비하면 됐으니까.

"우형이는요?"

동현의 물음에 연성하는 고개를 내저었다.

우형에 등장에 대한 것은 열 명의 팬에게는 전혀 밝히지 않았다.

물론 모든 페이머스 팬들에게 알리지 않은 것 또한 물론이다.

2주년을 기념해 팬들에게 선물하는 서프라이즈나 마찬가지였으니까.

조금 문제가 있다면, 아직까지 우형이 도착하지 않았다는 것이다.

동현은 시계를 바라보며 혀를 찼다.

10분 후면 시작될 텐데 아직까지 나타나지를 않는다니.

얼굴도 안보고 사라진 것에 대해 불만을 토하기 전에, 오늘 늦은 것에 대해 이야기해야 할 성싶다.

"일단 준비해, 동현아. 우형이 없이 진행하자."

연성하의 말에 동현은 어쩔 수 없다는 듯 고개를 끄덕였다.

"잘할 수 있지?"

"글쎄요. 잘 못할 것 같아요."

동현은 작게 키득이며 답했다.

장난인 것을 안 연성하는 동현과 같이 웃으며 그의 어깨를 두드려 주었다.

"잘하면 예능에도 출연 가능하게 해줄게."

"어… 그건 제가 거절할게요."

동현은 거절 의사를 밝히며 열 명의 팬이 기다리고 있을 파티장의 문 앞에 섰다.

"후우……."

앞으로 3시간 동안.

나름대로 힘내는 수밖에 없다.

*　　*　　*

"어땠어?"

"…죽을 맛이었어요."

동현은 고개를 설레설레 내저으며 말했다.

퀭해 보이는 눈 밑의 다크서클이, 그가 얼마나 힘들었는지 말해주는 것 같았다.

이벤트를 시작한 것은 좋았다.

오기로 한 열 명의 사람도 약속 시간에 늦지 않고 왔다.

동현이 들어가자마자 소리를 질러댔지만 그것도 괜찮았
다.

달려들지 않았으니까.

하지만 문제는 열 사람 모두가 여자였다는 것.

그것도 수다 떠는 것을 매우 좋아하는 여자였다는 것이었
다.

열 명의 여성팬 사이에서 동현은 어찌할 줄을 몰랐다.

처음에 멘트를 준비했을 때는 그나마 좀 괜찮았다.

묻는 질문에 가볍게 답할 수도 있었고, 먼저 질문할 수도
있었으니까.

하지만 준비한 멘트가 끝나자 난감했다.

나름대로 전직 삐끼의 힘을 끌어올려 봤지만 열 명 앞에선
속수무책이었다.

그것도 아직 학생들 앞에서는 더더욱.

결국 보다 못한 관리인 하나가 진행을 해주었고 어찌저찌
해서 이벤트는 끝이 났다.

물론 우형은 오지 않았다.

2주년 이벤트가 끝나기 전까지.

아쉬운 마음이 있긴 했지만 원망하는 마음은 없었다.

아니, 원망하는 마음이라면 그가 올 것을 생각해 프리토크
라는 메뉴를 넣은 것이랄까.

동현은 끝났다는 안도의 한숨을 내쉬며 의자에 쓰러지듯

앉았다.

"수고했다."

무혁의 말에 동현은 긴 한숨을 내쉬었다.

"1년 후에는 무혁 형이 매니저들끼리 상의해서 의견내기 하죠."

"내가 왜."

"페이머스의 매니저니까요. 그 다음 해에는 실장님이 하시고."

동현의 말에 무혁과 성하는 작게 웃었다.

며칠 밤새고 스케줄을 해도 쌩쌩한 녀석이 3시간 여성들과 대화한 것으로 녹초가 되다니.

그들의 입장으로선 신기하기만 했다.

동현은 테이블에 얼굴을 박았다.

누군가가 안으로 들어오는 듯 했으나, 동현의 알 바는 아니었다.

힘들어 죽겠는데 지금 누구를 신경 쓰겠는가.

"여자한테 그렇게 물러서 어떻게 하냐. 바보 같은 유동현아."

쉬고 있던 동현은 갑작스레 들리는 목소리에 고개를 번쩍 들었다.

그리고 눈앞에 있는 존재에 믿지 못하겠다는 듯 입을 벌렸다.

염색한 와인빛 머리칼.

훤칠한 키.

다부진 몸매.

그리고 호감형의 잘생긴 외모까지.

그는 하나도 변한 것이 없었다.

떠나가기 전부터 지금까지 반년 이상이 흘렀건만 그는 변하지 않았다.

동현은 놀란 듯 아무런 말도 하지 못한 채 입만 벙긋거렸다.

그가 나타났다는 것에 놀라기도 했지만, 그 다음 행동에 대해 놀랐다.

그가, 우형이 전과 다름없이 말을 하는 것에.

동현은 천천히 자리에서 일어나 그의 앞으로 다가갔다.

"…이우형?"

"오랜만이다, 동현아."

눈물이 나올 것 같지는 않았다.

그저 반갑고도 반가웠다.

동현은 짙은 웃음을 안면 가득 박아 넣으며 말했다.

"잘 왔다, 거북아."

*　　*　　*

우형이 돌아오고 나서 얼마 있지 않아 그가 돌아왔다는 기사가 떴다.

복귀하겠으니, 그러한 기사를 내달라고 부탁했기 때문이다.

하지만 가수로서의 복귀가 아니었다.

그저 연예계로 복귀하는 것뿐, 같이 무대에 서는 것은 아니었다.

우형의 목 치료는 성공적이었다고 한다.

애초부터 식도가 다쳐 성대까지 번진 것이었기 때문에 고치는 데 어려움은 없었다고 한다.

물론 노래는 당연지사 말하는 것에 약간 문제가 있긴 하다고 했다.

하루 종일 일반 사람처럼 말을 하지 못한다는 것이었다.

목소리가 막히는 것은 아니다.

하루 한 시간 이상 말을 하면 마치 열 시간 소리친 것처럼 목이 쉬어 버린다.

마치 데뷔 초 동현의 상태처럼 말이다.

동현은 착잡한 표정을 감추지 않았다.

아쉬운 것은 아쉬운 것이었으니까.

"너무 그런 표정으로 보지 마, 부담스러워."

"말 많이 하면 목 잠긴다며. 글로 써."

"넌 그동안 글로 의사 전달하느라 굳은살 박인 내 손가락이 안 보이는 거냐. 그리고 오랜만에 만난 사람 앞에선 가급적 말로 하고 싶어."

우형은 작게 웃으며 말했다.

그의 말에 동현은 알았다는 듯 고개를 끄덕였다.

반년 넘게 숙소에 들어오지 않다 보니 역시나 바뀐 점이 있었다.

음악방송에서 받은 트로피가 잔뜩 늘어난 것.

뿐만 아니라 큰 방송에서도 상을 받았던 것 같다.

"이번에 상을 휩쓸었다는 소문을 듣긴 했는데, 진짜였나 보네."

"그럼 가짜냐."

우형은 신기하다는 듯 감탄을 하며 트로피를 바라보았다.

작년 한해를 마무리 하는 상부터 시작해 올 1월 달에 한 시상식 트로피까지.

어느 트로피에는 '페이머스' 라는 이름이 쓰여 있었고 또 다른 곳에는 '페이머스 동현' 이라고 써져 있었다.

같은 방송에서 받은 두 개의 상이었기 때문이다.

"이제 '페이머스 우형' 이라고 쓰인 트로피만 갖고 오면 되겠다."

우형이 작게 웃으며 말했다.

"작곡가로선 좀 어때."

동현의 물음에 우형은 손가락 두 개를 펼쳐 보이며 말했다.

"대형 신인 등장이요!"

"대형 신인이면, 똑같이 대형 신인으로 데뷔한 그룹한테 곡 써줘도 되겠네."

"그렇겠지?"

우형이 키득이며 웃었다.

지난 육 개월간의 공백.

만나지 못한 시간은 길었으나 동현과 우형은 어제 만난 사람처럼 곧 잘 대화했다.

두 사람의 대화를 듣던 무혁은 조용히 숙소 문을 닫고 빠져나왔다.

문 앞에서 그를 기다리던 연성하가 물었다.

"둘은 좀 어떤가요?"

"잘 얘기하고 있습니다. 어제도 만난 사람처럼요."

무혁의 말에 연성하는 짙은 웃음을 박아 넣었다.

"오랜 시간 만나지 못했어도 만나면 어제 만난 것처럼 얘기 하는 사람이 진짜 친구라더니. 저 두 사람을 보고 하는 말 같네요."

진심이 느껴지는 무혁의 말에 연성하 역시 고개를 끄덕였다.

"저 두 사람의 사이가 영원했으면 좋겠습니다."

"더 좋아졌으면 좋아졌지, 나빠지지는 않을 겁니다."

연성하의 말에 무혁은 무슨 뜻이냐는 듯 그를 바라보았
다.
"몇 번이고 생사를 함께 뛰어넘은 녀석들이니까요."
그의 말에 무혁은 미소 지었다.
그 말에 동의한다는 듯.

Chapter 05
영화 OST

우형이 돌아온 후 바뀐 것은 아무것도 없었다.

우형은 우형 나름대로 작곡을 하기에 바빴고, 동현 역시 바빴다.

앨범 준비를 시작했기 때문이다.

이번 앨범은 정규로 길게 일 년 정도 잡고 시작했다.

정규 앨범이기 때문에 더욱 신경 써서 작업하고 싶기 때문이다.

게다가 이번 앨범에는 우형의 곡도 넣을 생각이다.

처음부터 끝까지 노래를 부르는 사람은 동현이겠지만, 그 노래를 만든 사람은 우형이 될 터.

동현은 조금은 들뜬 마음으로 앨범 준비 작업에 돌입했다.

담당 프로듀서는 우형의 교육을 맡고 있는 안종혁.

그와 함께 작업을 하게 되었다.

"동현아."

앨범 컨셉에 대한 이야기를 나누고, 돌아가려 할 때, 연성하가 그를 불러 세웠다.

"네?"

"OST 제의가 하나 들어왔는데 해볼 생각 있나 해서."

"당분간은 앨범 작업에만 신경 쓰고 싶은데……."

동현의 말에 연성하는 곤란하다는 듯 머리를 긁적였다.

그의 행동에 동현은 의문을 갖고 물었다.

"거절하기 껄끄러운 상대예요?"

동현의 물음에 연성하는 어색하게 웃으며 고개를 끄덕였다.

국내에서 내로라하는 소속사에서도 거절하기 힘든 상대라면, 아마 외국이겠지.

동현은 머리를 긁적였다.

"무슨 OST인데요?"

"하려고?"

"거절하기 껄끄럽다면서요."

동현의 말에 연성하는 고맙다는 듯 OST에 관한 설명을 했다.

그가 참가할 OST 작업은 현재 미국에서 제작 중인 영화였
다.

아직 촬영 중임에도 불구하고 미국 이외의 나라에서까지
관심을 쏟아붓고 있는 영화.

그들이 원한 OST 작업 곡은 총 세 곡으로, 섭외하려 한 사
람이 '동현이 아니면 부를 수 없는 곡'이라고 말했다고 한다.

"뭐, 미국인들은 과장이 심하니까요."

"할래? 운 좋으면 그 곡 하나로 세계 순회를 할지도 몰라."

과장하며 말하는 연성하의 말에 동현은 작게 키득였다.

"전국도 아니고 세계 순회가 그렇게 쉬운 거였어요? OST는
할게요. 별로 어려운 것도 아닐 테니까."

동현의 말에 연성하는 잘됐다는 듯 크게 웃으며 고개를 끄
덕였다.

그 후로 얼마 있지 않아 스케줄이 잡혔다.

한참 연예계 활동을 쉬고 있는 동현에게는 앨범 준비 활동
만 빼면 거의 다 자유 시간이었으니까.

맡기로 한 세 개의 곡은 다 각각의 특색이 있었다.

듣는 사람을 잔뜩 흥분하게 만들 정도로 파워풀한 곡.

눈물이 왈칵 쏟아질 정도로 은은하고 감성을 건드리는 곡.

마지막 곡은 다른 두 가지가 합쳐진 곡이라고 느껴졌다.

강하고 힘있으면서도 가사에서부터 절절함이 묻어나는 그

러한 곡 말이다.

"이거, 장난 아닌데요."

멜로디를 하나하나 들어본 동현이 머리를 긁적이며 말했다.

사실, 동현도 음악에 대해서 많이 아는 것은 아니다.

동현은 프로듀서가 만들어 준 곡을 자기 나름대로 해석하고 부르는 게 전부였을 뿐이니까.

하지만 곡을 들어본 동현은 실웃음밖에 흘릴 수 없었다.

이것은 국내에서 쏟아져 나오는 다른 곡들과는 달랐다.

듣자마자 온몸에 전율이 흐를 정도로 대단한 곡이었다.

게다가 가이드 녹음을 한 사람의 목소리도 장난이 아니었다.

아예 이 상태로 곡을 내도 상관없을 정도로 대단했다.

"그 OST 만든 사람이 세계적으로 유명한 사람이니까."

녹음의 보조를 맡아준 안종혁이 말했다.

"세계적으로요? 그런 사람이 고작 영화 OST를 만들어요? 이 영화가 그럴 만한 건가?"

"그 정도로 이 영화는 기대작이니까. 그러니 돈 투자도 그만큼 되는 거지."

종혁의 말에 동현은 헛웃음을 내뱉었다.

안종혁이나 지금껏 페이머스의 작곡가를 맡아준 사람도 이름을 날리고 있기는 하다.

하지만 이 곡을 쓴 사람만큼은 아니었다.

"이거 잘못해서 망치는 거 아닌가 모르겠네요."

동현은 머리를 긁적이며 가사가 적힌 종이를 집어 들었다.

처음부터 끝까지 영어로 되어 있었지만 걱정할 것 없었다.

동현은 데뷔 전부터 영어를 잘하는 편이었으니까.

게다가 KD에 들어와 어학 공부를 꾸준히 했었기에 영어는 일본어보다도 능숙했다.

"일단 해봐."

안종혁의 말에 동현은 고개를 끄덕였다.

본래에는 이 곡을 작곡한 '레이턴'이라는 작곡가가 직접 와야 한다.

눈앞에서 동현이 노래를 부르는 것을 듣고 마음에 안 드는 부분은 직접 지적을 해주어야 하니까.

하지만 그는 국가 단위가 아닌 세계 단위로 노는 사람.

바쁘지 않을 리가 없었다.

때문에 그는 한국에 있는 작곡가들에게 부탁을 했다.

자신 대신 녹음을 봐달라고 말이다.

그 탓에 안종혁이 동현이 OST녹음을 하는 것을 봐주게 된 것이다.

만일 그가 오늘 녹음한 것을 들어보고 마음에 들지 않는다면 직접 찾아오겠지.

그도 그렇게 한다고 이야기했었으니까.

동현은 머리를 긁적이며 부스 안으로 들어갔다.

세계에서 유명하기로 소문난 작곡가의 곡.

그는 마른침을 삼키며 부스 안으로 들어갔다.

하나의 MR이 흘러나왔다.

동현은 작곡가가 직접 써둔 곡에 대한 설명을 머릿속으로 되뇌었다.

처음은 파워풀한 곡이었다.

이 곡이 들어갈 장면은 영화가 시작되는 스타트 부분이었다.

시작되자마자 싸움이 일어나는 장면이기 때문에 파워풀함을 담았다고 한다.

어째서 그런 장면에 OST를 넣는지는 모르겠지만, 감독 마음이겠지.

동현은 가이드 녹음에서 들은 대로 타이밍을 맞춰 입을 열었다.

그의 입에선 지금껏 들은 적 없었던 힘있는 목소리가 터져나왔다.

지금까지 동현은 파워풀보다는 감미로움과 몽환적인 목소리를 냈다.

혼자서 연습할 때야 몇 번 힘있는 곡을 부른 적은 있지만 공식적으로 발표되는 곡을 부른 적은 없었다.

동현의 그런 목소리를 들은 안종혁은 눈을 크게 떴다.

그의 가창력이 좋은 것은 알고 있는 일이었다.

요즘 시대 아이돌 중 다섯 손가락 안에 들어갈 정도라는 것을.

이 정도일 줄은 몰랐다.

다른 가수들은 자신이 특기로 길러왔던 한 가지 분야를 잘한다.

하지만 동현은 달랐다.

고음과 저음, 중음을 완벽하게 구사한다.

뿐만 아니라 노래에 어울리는 창법을 자유자재로 구상했다.

그리고 목소리마저도.

"쟤는 그냥… 천재라는 말밖에 안 나오네."

날이 갈수록 발전한다.

어째서 우형이 입이 마르게 동현의 칭찬을 하는지 이해가 간다.

동현은 칭찬받아 마땅한 놈이었다.

첫 번째 곡의 녹음이 끝나고 바로 뒤이어 두 번째 곡의 녹음을 시작했다.

단 한번 노래를 들었을 뿐인데, 동현은 모든 멜로디를 외워버렸다.

종혁은 그의 천재성에 혀를 내두르며 곡에 집중했다.

작곡가의 2번째 곡에 대한 설명은 여자주인공이 죽는 장면이라고 한다.

사랑에 관한 것을 다루는 것이라 그런지 동현은 처음보다 감정 이입을 어려워했다.

하지만 그것도 잠시.

동현은 그새 가사의 내용을 파악하고 자신이 낼 수 있는 최고의 목소리로 노래를 불러갔다.

그곳에 있는 사람마저도 절절하게 만드는 음색.

최고의 작곡가가 신경 써서 만든 작품이기 때문일까, 아니면 그의 목소리 탓일까.

아직 나오지도 않은 영화의 한 장면이 눈앞에 그려지는 듯한 느낌이 들었다.

그로 인해 동현의 녹음을 돕기 위해 온 사람들은 모두 눈시울을 붉혔다.

마지막 곡 역시 짧은 시간에 녹음을 마쳤다.

마지막 곡은 모든 영화가 끝나고 나올 것이라고 한다.

녹음을 마친 동현은 크게 기지개를 켜며 녹음실 안을 빠져나왔다.

하루에 연달에 세 곡을 녹음하는 경우는 드물었기에 살짝 피곤해졌다.

"전 오늘 이만 갈게요."

"마음대로 해라. 할 일은 다 끝났으니까."

종혁은 녹음된 곡을 이메일로 보내며 답했다.

동현은 그런 종혁에게 인사를 건네며 녹음실을 완전히 빠져나왔다.

결과가 어떻게 될지는 모르겠지만, 한 번에 통과되었으면 좋겠다.

재녹음하기 귀찮으니까.

＊　　＊　　＊

작곡가의 평가는 호평이었다.

그는 동현의 목소리가 환상의 목소리라며 칭찬을 아끼지 않았다고 한다.

심지어 다음 곡의 작업을 함께해 보고 싶다는 말까지 했다고 한다.

그 말에 동현 역시 만족하다는 표정을 지었다.

그 작곡가가 지은 곡 같은 대단한 곡은 받아본 적이 없어 마나를 이용했는데, 잘한 선택 같았다.

뭐, 요즘 들어 변화가 얼마 없는 것 같은 느낌이긴 하지만.

'좋은 결과겠지.'

마나를 이용해도 가창력이 급상승하지 않는다는 것은 무희의 마법이 절정에 치닫고 있는 것과 마찬가지였다.

더 이상 오를 단계가 없는 것이니까.

동현이 OST 작업을 한 영화는 이틀 후에 전 세계에 동시 개봉한다.

OST에 대해 어떠한 평가가 나올지는 모르겠으나 좋은 결과가 나왔으면 한다.

그것은 동현뿐만이 아니라 KD 사람이나 팬들도 원하는 일이었다.

이틀은 짧은 시간이었다.

영화가 개봉되고, 그에 대한 감상은 인터넷에 불같이 올라왔다.

기대작인만큼 보러 간 사람도 많았는데, 사람들은 꽤 만족스러웠던 것 같았다.

인터넷에 올라온 글들을 보면 너무 재미있어 한 번 더 보러 가고 싶다는 사람이 쇄도했다.

그렇게 영화가 한 달 조금 넘게 상영되었을 때.

국내 관람객만 5백만을 훌쩍 넘어섰다. 세계적으로는 이미 수천만 명을 훨씬 넘었다고 한다.

하지만 정작 영화에 삽입된 OST를 작업한 동현의 머릿속에선 이 영화에 대한 이야기가 깡그리 잊혀지고 있었다.

쉬고 있다고는 하지만 하루에 스케줄은 몇 개씩 들어오니 성격상 자연히 잊게 마련이다.

그렇게 앨범 작업에 신경 쓰고 있을 때, 동현의 귀에 믿기 어려운 말이 들렸다.

"동현아 그거 알아?"

"뭘요?"

"너 저번에 영화 '잃어버린 고향' OST 작업한 거."

"아, 네."

동현의 답에 연성하는 씨익 웃었다.

"빌보드에 올랐다."

연성하의 말에 동현은 눈을 동그랗게 떴다.

갑자기 빌보드라니.

물론 빌보드 차트의 벽이 옛날만큼 높은 것은 아니었다.

요새 들어 K-pop이 주를 이루어 한국 노래를 듣는 외국인들이 많아졌으니까.

하지만 그것은 정규 앨범의 문제.

게다가 회사에서 그만한 홍보를 해주었을 때의 문제다.

아무런 홍보도 없이 그저 영화 OST에 참여했다고 쉽게 올라갈 수 있는 자리는 아닌 것이다.

"아무리 요새 빌보드 차트에 이름 올리는 사람이 많다고는 해도, 설마요……."

동현이 중얼거리자 연성하는 크게 웃었다.

아무래도 그가 빌보드 차트에 이름을 올렸다는 것이 크게 기쁜 듯싶었다.

"원래 진작 얘기해 줬어야 하는데 네가 회사에 잘 안와서. 핸드폰도 꺼두고. 게다가 말 안 해주면 관심도 없을 거 아냐, 넌."

"언제 오른 건데요?"

"2주일 전."

연성하의 말에 동현은 헛웃음을 내뱉었다.

그는 자신의 태블릿을 내밀어 현재 빌보드 차트에 올라와 있는 사람들의 곡을 보여주었다.

1위 2위 3위……

손가락을 움직여 천천히 내려보던 동현은 눈에 익은 한 앨범 표지에 숨을 들이켰다.

동현이 OST 작업을 한 '잃어버린 고향'의 표지가 있던 것이다.

"맙소사."

동현은 믿을 수 없다는 듯 말했다.

'잃어버린 고향'의 사운드트랙 앨범이 4위에 떡하니 모습을 드러내고 있는 것이었다.

연성하의 말에 의하면 잃어버린 고향의 사운드트랙은 처음 29위로 모습을 드러냈다고 한다.

그렇게 2주일 동안 급격한 상승세를 탔다.

그리고 지금 이렇게 4위에 자리를 잡고 있다는 것이었다.

"아마 더 올라갈걸."

"여기서 또요?"

"응. 참 좋게도, 수록된 곡들 중에서 네가 부른 노래가 다운로드 횟수가 제일 많아.”

연성하의 말에 동현은 그랬냐는 듯 고개를 끄덕였다.

빌보드 차트라니.

싱글 앨범은 아니지만 그래도 자신이 참여한 앨범이 높은 위치에 섰다는 게 신기하기 그지없었다.

그것도 다른 사람의 곡도 많은데, 자신의 곡이 많은 다운로드 횟수라니.

동현은 슬금슬금 올라가는 입꼬리를 가리며 말했다.

“잘됐네요.”

“그래서 말인데, 영화 제작사 측에서 빌보드 차트 감사 이벤트랑 관객 감사 이벤트를 같이한다고 하더라고.”

짧은 시간에 국내 상영 횟수나 관객만 해도 오백만 명이 넘는다.

국내가 이 정도인데 다른 나라에서는 어느 정도이겠는가.

관객 감사 이벤트를 해도 충분히 남아돌 수준의 수익이 있었을 것이다.

“무슨 이벤트인데요?”

“뭐겠냐. 빌보드 감사 이벤트면, 무대에서 직접 OST를 부른다는 거겠지.”

연성하는 들고 있던 파일을 펼쳐 하나의 편지를 동현에게 건넸다.

“무대에 서 달라고 하더라고. 돈은 두둑하게 챙겨주겠대.”

동현은 편지를 받아 빠른 속도로 읽어 내려갔다.

이번 영화가 잘되었으니 이벤트를 하겠다.

그러니 부디 이곳까지 와 노래를 불러주기를 바란다.

하는 내용이었다.

"네 노래가 유명하기는 하지만, 아무래도 페이머스의 유동현을 모르는 사람은 많으니까."

"가서 홍보나 하고 오라고요?"

"그렇지."

그래야 나중에 일본뿐만이 아닌 북미 시장에 진출할 때 도움이 된다고 한다.

"에이, 북미 쪽 진출은 아직 멀었죠."

"멀기는, 누가 그래."

"제가요."

동현의 말에 연성하는 헛웃음을 내뱉었다.

연예계 정보에 대해 소문을 접하는 것이 느린 동현은 모르겠지만, 그는 충분히 그럴 자질이 있었다.

국내는 물론하고 국외에서 간접적으로 그의 노래를 부른 사람이 극찬을 하는데, 멀었다니.

"됐다. 너한테 무슨 말을 해도 너는 '그럴 리가요' 이러겠지. 이벤트 건은 받아들일 테니까 준비하고 있어."

"언제인데요."

"다다음주."

동현은 고개를 끄덕였다.

이 주일이라면 연습할 시간은 충분하다.

누구와 합동 무대를 하는 것도 아니니 다른 사람과 시간을 맞출 필요도 없겠지.

*   *   *

이 주일 동안, 동현의 생활은 한결같았다.

앨범 작업, 연습, 잠.

이것들의 무한 반복이었다.

그리고 날이 되었을 때, 동현은 시간에 맞춰 이벤트 장으로 향했다.

오늘 이벤트에 참여하는 사람은 일단 영화의 OST 작업에 참여했던 사람들이다.

외국인들은 대기자실에 앉아 있는 동현을 보고 고개를 갸웃거렸다.

참가자 중 유일하게 동양인이라는 것도 있었지만, 이 자리에는 세계적으로 유명한 사람들만이 있다.

페이머스가 전 세계적으로 이름을 날릴 정도로 유명한 팀은 아니었기에 그들은 동현에 대해 궁금해했다.

페이머스의 내부적인 사건 탓에 알려진 적은 있지만 해외 활동이 적으니 그럴 수밖에.

게다가 빌보드권에서 노는 사람들이 한국의 음악 차트에 신경 쓸 리도 없고 말이다.

몇몇 호기심을 가진 사람들은 동현에게 다가와 그에 대한 것을 물어보았다.

어쩌다가 이곳에 왔고, 어떻게 곡 작업에 참여하게 되었는지 말이다.

동현은 그들의 물음에 자신이 아는 선에서 대답을 해주었다.

그들은 유창한 동현의 영어 발음에 감탄했다.

또한 작곡가측에서 먼저 곡을 불러달라고 했다는 점에서 또 한 번 놀란 듯했다.

이번에 무대에 서는 사람은 동현을 포함해 총 다섯 명이었다.

한 사람이 하나를 부른 것이 아니라 두세 개의 곡을 불렀기 때문이었다.

동현의 순서는 첫 번째, 다섯 번째, 그리고 마지막이었다.

처음, 중간, 끝을 모두 담당하게 된 것이다.

하지만 어쩔 수 없었다.

영화 상 내용에서도 동현이 부른 노래가 처음, 중간, 끝을 장식했으니까.

순서는 엄연히 영화에서 나왔던 것 순서대로 나온다.

참가자들과 몇몇 이야기를 나누다보니 시간은 금방 지나

갔다.

사회자가 영화에 출연한 배우들을 소개하고, 간단한 토크가 이어졌다.

그리고 이벤트가 시작한 지 이십 분이 지나자 무대가 시작되었다.

"첫 번째, 오늘의 무대를 열어줄 사람은……. 화제의 곡을 부른 사람이죠, 한국에서 온 유동현!"

동현은 마나를 끌어올리며 무대로 나아갔다.

동현을 알고 있는 팬은 휘파람을 불며 박수를 쳤고, 그를 모르는 이는 궁금증이 가득 담긴 표정으로 그를 바라보고 있었다.

MR이 흐르고 마이크를 통해 동현의 목소리가 터져 나왔다.

초반의 잔잔한 목소리는 멜로디와 합쳐져 강한 음을 낸다.

거기에 높은 줄 모르고 솟구쳐 올라가는 고음까지.

그것은 사람들이 듣기 싫어하는, 그저 높이 올라가는 음이 아니었다.

멜로디와 적절한 조화를 이루며 귀에 듣기 좋은 음색을 토해냈다.

첫 번째 곡이 끝나자 사람들은 박수를 쳤다.

큰 환호성을 지르며 말이다.

동현이 인사를 하고 대기실로 발걸음을 옮겼다.

그가 들어가고 사회자가 나와 두 번째 순서를 소개하는 직
전까지.

동현을 향한 박수갈채는 멈추지 않고 있었다.

대기실로 들어오자 사람들이 우루루 몰려왔다.

그들은 하나같이 대단하다는 말을 하며 동현을 치켜세워
주었다.

그들의 행동에 동현은 작게 웃었다.

외모가 아닌 실력으로 상대를 판단하는 태도.

그것이 마음에 들었기 때문이다.

머지않아 다시 동현의 순서가 다가왔다.

동현의 기억상 두 번째 곡은 주인공이 죽는 신이었을 것이
다.

은은하게 흘러나오는 멜로디에 동현은 눈을 감았다.

바쁜 나머지 영화를 보지는 못했으나, 사랑하는 여인이 죽
어가는 모습을 상상하는 것은 어렵지 않았다.

사람들은 그의 노래에 집중했다.

처음 시작했을 때 그 파격적인 목소리의 여운이 아직도 남
아 있었기 때문이다.

동현은 연습한대로 멜로디에 맞춰 입을 열었다.

강렬했던 아까의 목소리와는 확연하게 다른 소리가 울려
퍼졌다.

심금을 울리는 몽환적인 목소리.

떠나간 임에 대한 사랑이 묻어나는 목소리였다.

그 애틋함과 슬픔이 담긴 소리에 사람들은 하나둘 눈물을 흘리기 시작했다.

관객들뿐만이 아니었다.

사회자나 연주하는 대부분의 사람들도 눈시울을 붉혔다.

곡이 끝났을 때, 사람들은 엉엉 울며 자리에서 일어나 박수를 쳤다.

대기실로 돌아오자 처음과 같은 반응이 일어났다.

아까까지만 해도 동양인이라는 것에, 한국 가수라는 것에 궁금증을 가져 말을 걸어왔던 그.

하지만 그들은 이제 동현의 실력을 보고 다가왔다.

그들은 동현에게 다가와 노래를 잘한다며 칭찬을 아끼지 않았다.

심지어 '당신의 팬이 됐습니다!' 라고 말하는 이도 있었다.

동현은 마지막으로 올 자신의 순서를 기다리며 대기실에서 무대를 지켜봤다.

동현은 그들의 무대에서 감탄을 멈추지 않았다.

국내 아이돌과는 비교도 되지 않는 솜씨.

아이돌 중에서 가창력 좋다고 박수갈채 받는 이들이 아무것도 아니게 느껴졌다.

그들의 실력은 실로 대단했다.

곡 작업에 참여한 사람 모두가 미국, 영국 권에서 알아주는 사람이라고 한 것을 들은 기억이 있다.

동현은 납득이 간다는 듯 고개를 끄덕였다.

저 정도의 실력자라면 그만한 인기를 가질 만했으니까.

머지않아 다시 동현의 순서가 돌아왔다.

"이어서 마지막 곡입니다."

동현은 다른 가수들과 함께 무대 위로 나왔다.

마지막 곡은 동현 혼자만의 노래가 아니었다.

노래를 이끌어 가는 것은 동현. 근처 사람들은 동현의 목소리를 받쳐 주며 그의 목소리를 더욱 돋보이게 만들었다.

모두의 목소리가 합쳐진 멜로디는 귀에 달콤하게 느껴졌다.

마지막 곡이 끝나자 관객들은 환호했다.

관객들은 물론, 연주자도, 너나 나나 할 것 없이 박수를 아끼지 않았다.

동현은 그들을 향해 웃어주며 손을 흔들었다.

안면 가득 박힌 미소가, 동현의 심정을 표현해 내는 것 같았다.

*　　　*　　　*

이벤트 콘서트 이후.

그날, 콘서트에서 불렀던 노래는 미국 전역에 생중계되었다.

그와 동시에 동현의 인기는 그대로 수직 상승.

덕분에 다른 영화의 OST나 음악에 관련된 섭외가 쇄도했다.

─이제 조금씩 떨어지고 있는 것 같네.

우형의 말에 동현은 고개를 끄덕였다.

이벤트가 끝난 직후 영화 OST 앨범은 정말 불티나게 팔렸다.

그 탓에 4위에서 정착하고 있던 순위는 그새 정상을 찍게 되었다.

그렇게 약 일주일.

정상 자리를 차지하던 순위는 조금씩 떨어져 지금은 7위에 머무르고 있다고 한다.

시간이 지나면 더욱 떨어지게 되겠지만 말이다.

"다음 주부터 녹음 들어가니까, 그렇게 알고 와."

"네."

종현은 죽겠다는 듯 긴 한숨을 내쉬었다.

느닷없이 치솟아 오른 인기에 부담감을 갖게 된 것이다.

국내뿐만이 아니라 해외 전체에서 주목하고 있는 현재.

이제부터 녹음 작업에 들어가 곡을 낸다 해도 세 달이 채 걸리지 않는다.

사실상 동현의 역량으로는 한 달 만에 가능할 터.

종혁은 이미 완성한 곡을 몇십 번 가까이 들으며 마음에 들지 않는 부분을 수정했다.

그리고 여느 유명한 작곡가의 곡을 들으며 다시금 공부했다.

우형을 가르치기 위해 잊은 것을 다시 해야 하는 것도 있었지만 이 정도로 열정적으로 임한 것은 오랜만인 것 같았다.

이름있는 작곡가의 반열에 오르고 나서부터 한 번 만든 곡을 검토하는 일은 거의 없었으니까.

—저는 오늘 부모님께 다녀올게요.

"집에 가서 쓴 곡 검토해 보고. 마음에 안 드는 부분 있으면 수정해."

—또 보라고요? 어제 검토했는데요? 그것도 다섯 번이나.

"그렇게 검토하고 결국 수정했잖아. 네 곡 녹음하기까지 시간 남았으니까 검토하라면 해."

종혁의 말에 우형은 귀찮다는 표정을 지었지만 이내 알았다 답했다.

지금껏 종혁의 말을 들어서 좋지 않았던 적은 없었으니까.

—너 스케줄 있어?

"초대 공연 있어. 너도 같이 갈래?"

—어딘데?

“라스베이거스.”

동현의 말에 우형은 자리에서 벌떡 일어났다.

그리고 스케치북 한 면 가득 ‘갈래!’ 라고 써 내밀었다.

“종이 아껴 인마.”

―공연은 언제야?

“닷새 후.”

동현의 말에 우형은 다행이라는 듯 안심한 표정을 지었다.

일주일 후였다면 곡을 다시 듣고 수정할 시간이 거의 없을
테니까.

―저도 다녀올게요.

“마음대로 해.”

종혁의 말에 우형은 어서 가자는 듯 동현을 재촉했다.

“그럼, 다음 주에 뵐게요.”

동현의 말에 종혁은 손을 흔드는 것으로 답을 대신했다.

그리고 얼마 있지 않아 그는 다시 곡 작업에 빠져들었다.

어지간히 이번 앨범 작업에 프레셔를 느끼는 것 같았다.

Chapter 06
페이머스가 참가하는 콘서트는……

콘서트는 라스베이거스에서 이루어진다.

무대는 야외무대로 번화가 주변에서 이루어진다고 한다.

—날씨가 흐린데 괜찮으려나?

한참 만들어지고 있는 야외무대를 구경하던 우형이 말했다.

그의 말에 동현은 하늘을 올려다보았다.

검은 먹구름들이 떠다니는 것을 보니 머지않아 비가 올 것 같았다.

"괜찮겠지. 콘서트가 중지되거나 하는 일은 없겠지만……."

콘서트를 보기 위해 온 관객들이 문제였다.

라스베이거스는 사막 기온이기에 밤에는 추웠다.

콘서트기 시작되는 시간은 오후 7시.

거기에다가 비까지 온다면 감기 걸리는 데에는 시간 문제일 터.

뿐만 아니었다.

비가 오게 되면 무대 위로 물방울이 떨어져 무대가 미끄러워진다.

그렇게 되면 동현은 몰라도 다른 사람들은 위험할지도 모른다.

무대에서 넘어지기라도 해봐라.

얼마나 아프겠는가.

아픈 것은 둘째 치고 자칫 잘못하다간 크게 다칠 수도 있다.

"흐음……."

동현은 턱을 긁적이며 구름들을 바라보았다.

동현의 마법 지식 중 비를 불러오는 것이라면 알고 있다.

하지만 비를 물리치는 마법은 알지 못했다.

비가 오지 않도록 하는 방법.

동현은 턱을 긁적이며 방법을 생각해 냈다.

"구름을 밀면 되지 않으려나……."

ㅡ응? 무슨 말이야 갑자기?

동현의 중얼거림에 우형이 답했다.

그는 고개를 내저으며 유그아닌을 바라보았다.

[구름을 민다라……. 가능한 얘기이긴 하네. 확실히 그리하면 비는 오지 않겠지. 자연의 기운을 마음대로 움직이는 것은 그다지 내키는 일은 아니지만 말일세.]

'잘못돼서 가뭄이 오거나 하지는 않겠죠?

[비 하루 안 온다고 가뭄으로 이어지지는 않네. 정 걱정이면 콘서트가 끝나고 비를 내리면 되는 것 아닌가. 아니면 밀어낸 구름을 다시 불러오거나 말일세.]

유그아닌의 말에 동현은 고개를 끄덕였다.

"잠시 화장실 좀 다녀올게."

동현의 말에 우형은 고개를 끄덕였다.

사람이 없는 곳으로 간 동현은 마법을 이용해 모습을 감추었다.

그리고 그와 동시에 몸을 띄워 제일 높은 건물 위로 올라갔다.

"일루전 마법 좀 부탁드려도 될까요?"

[하기 싫다고 해도 시킬 거면서 예의 지키는 척하지 마시게.]

툴툴거리는 유그아닌의 말에 동현은 작게 웃었다.

그리고 양팔을 높이 들어올렸다.

먹구름들을 물리는데 필요한 것?

그것은 바람이다.

물론, 커다란 공격 하나를 먹여 구름 자체를 흩어 버리는 방법도 있다.

하지만 그것은 쓸데없는 마나의 낭비다.

차라리 그럴 바에야 인위적으로 바람을 일으켜 먹구름들을 다른 방향으로 보내버리는 것이 더 쉽다.

동현은 마나를 끌어올렸다.

"윈드."

아지랑이처럼 피어오르는 기운들은 동현의 전신을 감쌌다.

선선한 바람이 불어오기 시작한다.

후우우웅―

선선하던 바람은 점점 더 빠르게 불어왔다.

이내 광포하다 느껴질 정도로 강해졌을 때, 유그아닌이 광범위 마법을 펼쳤다.

그와 동시에 하늘을 가리고 있던 먹구름들이 광포한 바람에 빠르게 밀려났다.

새카맣던 하늘이 눈 깜짝할 사이에 청명하게 변했다.

동현은 만족스러운 미소를 지었다.

아마 아래에 있는 사람들에게는 먹구름이 서서히 물러나는 것으로 보이리라.

구름을 완전히 치워버린 동현은 콘서트가 끝날 시간대쯤

에 맞춰 마법이 시전되도록 미리 마법을 걸었다.

두 번 왔다 갔다 하기 귀찮기도 하고, 콘서트가 끝나면 바로 들어가 쉬는 편이 좋으니 말이다.

"아까 그 정도 양의 구름이 모이려면, 바람이 많이 불겠죠?"

[꽤 불걸세. 자네가 쓴 마법처럼 강하지는 않겠지만 말이야.]

"그 정도되면 완전 토네이도고요……. 어쨌든 이 정도면 다된 것 같네요."

동현이 만족스럽다는 듯 손을 탁탁 털며 말했다.

아마 콘서트가 끝날 때 즈음이면 바람이 붊과 동시에 다시금 구름이 몰려들 것이다.

현재 보이는 먹구름이 얼마 안 있으면 무거워져 비를 쏟아낼 것 같은 느낌이다.

아마 두세 시간 후면 쏟아붓겠지.

콘서트가 끝나는 것은 지금부터 약 세 시간 정도 후다.

구름을 다시 불러온다고 해도 먹구름일 가능성은 낮다.

"아예 비가 오도록 해놓는 게 낫겠죠?"

[마음대로 하시게나.]

유그아닌의 말에 동현은 턱을 긁적였다.

마법이 시전되도록 해두는 것은 그렇게 심하게 어려운 것은 아니었다.

수식 계산이 무척 복잡한 것은 당연지사 게다가 비가 내릴 시간도 맞춰야 하니 더욱 복잡해질 터.

"…그냥 구름만 몰고 올래요."

어차피 밀려난 구름의 양으로 봐서 두어 시간 만에 그칠 양은 아니다.

적어도 대여섯 시간은 신나게 퍼부어야 가벼워질 만한 먹구름이었다.

그 정도라면 다시 끌어올 경우 비가 올 터.

일부러 많은 마나를 써가면서 마법을 걸어둘 필요는 없을 것 같았다.

[마음대로 하시게. 날씨는 내 알 바 아니니. 아, 일루전 마법은 30분 정도 후에 사라질 걸세.]

"마나 좀 더 쓰시지, 고작 30분이에요?"

[나보다 마나도 적게 쓴 사람이 말이 많구면.]

유그아닌의 말에 동현은 작게 웃었다.

그는 청명해진 하늘을 보다가 다시금 콘서트장으로 돌아왔다.

*　　*　　*

"아, 와 있었어요?"

무대 뒤편으로 향하자 오늘의 주인공이 모습에 들어왔다.

사무엘 라이커즈.

열일곱이라는 어린 나이로 데뷔해 온갖 산전선수를 다 겪은 사람.

서른이 된 지금에야 큰 인기를 얻고 세계적인 스타의 반열에 오른 인물이었다.

동현은 그에게 다가가 가볍게 인사하며 말했다.

"초대해 주셔서 감사합니다."

"오, 아니죠. 오히려 제 무대를 빛내려 와주셨는데 제가 감사해야죠."

그는 사람 좋아 보이는 미소를 지으며 말했다.

사무엘은 저번 이벤트 콘서트에서 안면을 익히게 된 가수다.

대기실에 들어서자마자 동양인이라는 것에 놀라 먼저 말을 걸었던 사람.

게다가 K—pop에 관심도가 높아 페이머스에 대해서는 이미 알고 있던 이였다.

통하는 이야깃거리가 있기 때문일까.

동현은 그 때 이벤트 콘서트에 참가했던 사람들 중, 사무엘과 가장 사이가 좋았다.

사무엘 역시 세계적으로 이름을 날린 자산을 거리낌없이 대해준 동현을 좋게 생각했다.

때문에 자신의 콘서트에 초대가수로 초대한 것이겠지.

“그러고 보니, 같은 팀원도 함께 온다고 들었는데, 그는 어디 있나요?”

사무엘은 좌우를 둘러보며 우형을 찾았다.

그의 말에 동현은 우형을 불러와 사무엘에게 소개했다.

우형은 손에 스케치북과 펜을 들고 있었지만 그에게만큼은 제 목소리를 내 자신을 소개했다.

그것이 가요계의 대선배에 관한 예의라며 말이다.

“목은 많이 좋아지셨나요?”

사무엘의 말에 우형은 크게 고개를 끄덕였다.

사무엘은 우형에게, 현재 작곡 공부를 하고 있으니 추후 자신의 곡도 써 달라 부탁했다.

갑작스런 그의 말에 우형은 당황한 듯했다.

하지만 그는 ‘추후 그럴 만한 실력이 됐을 때’라며 훗날을 기약했다.

시간은 그새 흘러갔다.

동현이 무대에 서는 시간은 대략 30분.

본래 동현에게 주어진 시간은 그의 절반인 15분이었다.

하지만 사무엘이 갑작스럽게 듀엣을 해보고 싶다고 하는 바람에 시간이 늘어난 것이다.

때문에 무대에 올라가기 전까지 동현은 사무엘과 노래를 맞춰 보았다.

야외 공연장에는 많은 인파가 몰렸다.

오늘은 사무엘 라이커즈의 데뷔 13주년 기념 콘서트.

그의 팬들은 그를 축하해 주기 위해 세계 각지에서 모였다.

동현은 무대 앞에 모여 있는 인파에 놀라움을 감추지 못했다.

정원이 없는 야외무대라고는 하지만 이렇게 많이 몰려올 줄이야.

동현은 혀를 내두르며 자신이 부를 노래를 다시 한 번 곱씹었다.

자신의 솔로곡 노스텔지어와 댄스버전으로 리믹스한 팬텀.

그리고 영화 OST와 사무엘과의 듀엣.

이것들을 모두 하고 남은 시간은 아마 토크로 이어질 것이다.

그렇게 동현이 슬슬 목을 풀 때.

콘서트가 시작되었다.

*　　*　　*

맑은 날씨에 콘서트는 순조롭게 진행되었다.

콘서트 시작 전에 불었던 강한 바람은 잠재워진 지 오래.

사람들은 이러한 모습에 사무엘의 데뷔 기념일은 하늘도

좋아한다며 저희끼리 떠들었다.

"이번에 제가 좋은 친구를 만나게 되었습니다."

열기가 뜨거워지고 있던 도중, 사무엘이 말했다.

그의 말에 관객들은 궁금증이 동한 얼굴로 무대를 바라보았다.

"저번 영화 이벤트 콘서트 때 만난 사람인데, 아주 뛰어난 실력을 가진 사람입니다. 그가 이 무대를 빛내주러 왔습니다!"

그는 거창하게 소개를 하며 동현을 소개했다.

사무엘의 소개에 동현은 무대 위로 올라갔다.

그리고 그의 모습을 발견한 관객들은 목이 찢어져라 함성을 질렀다.

"무, 무슨……."

동현의 얼굴에 당황한 기색이 역력했다.

아는 사람이 없을 것이라 생각했다.

하지만 그것은 동현의 착각에 불과했다는 듯, 사람들은 동현의 이름을 부르며 환호했다.

당황한 동현의 표정에 사무엘이 사람 좋게 웃어 보였다.

그는 동현의 어깨를 가볍게 두드리며 말했다.

"함께 OST 작업을 했던 유동현 씨입니다!"

그의 소개에 다시 한 번 큰 함성 소리가 들려왔다.

동현은 생각지도 못한 대우에 어안이 벙벙했지만 동현은

그러한 기색을 삼키고 인사를 건넸다.

그리고 얼마 있지 않아 그가 무대를 시작했다.

시작은 모두가 혀를 내두를 정도로 어려운 안무를 가진 팬텀으로 시작한다.

둘이서 불러야 하는 곡을 하나로 만들었기에 춤의 비중은 여느 때보다 더 높았다.

관객들은 파워풀한 무대에 더욱 환호성을 질렀다.

그에 이어서는 계획한 대로 무대가 이어졌다.

그렇게 한 시간, 두 시간.

무대는 막바지로 치달았고, 마지막 하이라이트인 불꽃놀이만이 남아 있었다.

스태프들은 발 빠르게 움직이며 불꽃놀이의 준비를 했다.

그리고 모든 준비가 끝나 밤하늘에 화려한 폭죽이 수놓아졌다.

"뭔가 타는 냄새 안 나?"

무대 아래로 내려간 동현은 폭죽을 감상하는 우형에게 말했다.

그는 고개를 갸웃거리고 코를 킁킁 거리더니 스케치북에 글을 써내려갔다.

─폭죽 터뜨려서 그런 거 아냐? 화약 냄새.

"그런가……."

동현은 고개를 갸웃거렸다.

하지만 이내 정말 폭죽을 터뜨릴 때 나는 화약 냄새라 생각하고 그저 하늘을 바라보았다.

[아무래도 냄새가 이상한 것 같다만, 안 그런가?]

유그아닌의 말에 한참 동안 하늘을 바라보고 있던 동현이 그를 바라보았다.

정말 무언가 냄새가 난다는 듯 유그아닌은 미간을 찌푸리고 있었다.

그의 말에 행동에 이상함을 느낀 동현은 마나를 움직여 코에 집중시켰다.

순식간에 좋아진 후각은 사람은 맡기 힘든 냄새마저 캐치해 냈다.

수많은 냄새가 코에 섞여 들어온다.

바람 냄새.

사람에게 있는 그 고유의 냄새.

그리고 하늘을 수놓고 있는 저 화학 물체들의 냄새.

마지막으로 무언가가 타고 있는 냄새.

동현은 미간을 찌푸리며 냄새가 나는 곳으로 발걸음을 옮겼다.

"어디가?"

우형이 속삭이듯 물었다.

"뭔가 불안해서. 잠깐 둘러보게."

동현의 말에 우형이 그의 곁으로 성큼 걸어왔다.

같이 가자는 뜻이었다.

동현은 우형의 행동에 작게 웃으며 타는 내가 나는 곳으로 발걸음을 옮겼다.

잦은 야외공원으로 인해 세워진 튼튼한 천막.

그곳으로 향한 동현은 눈앞에 펼쳐진 모습에 동현은 긴 한숨을 내쉬었다.

닿는 모든 것을 집어 삼키고 있는 새빨간 불꽃.

물건들은 검게 변해가며 불의 먹잇감이 되어 가고 있었다.

"저게 문제였냐……."

동현은 한숨을 쉬며 중얼거렸다.

사방간대에서 불꽃을 쏘아 올리다 보니 관리할 사람이 부족했던 것일까.

기구는 미세하게 옆으로 기울어져 있었고, 그 곁에 바로 타기 쉬운 물건들이 있었다.

하필이면 사람이 없는 곳에서 문제가 발생하다니.

동현은 한숨을 내쉬었다.

하필이면 사람이 없는 장소에 불이 붙어 버렸다.

이 정도 불이라면 사실 동현이 몇 번만 움직이면 쉽게 꺼진다.

하지만 지금 이 상태를 발견한 사람이 동현 혼자가 아니었다.

우형이 뒤에 있었고, 두 사람이 움직이는 것을 보고 다른 이들 역시 따라붙었다.

적어도 다섯 이상이 보고 있는 상태.

여기서 힘을 썼다간 무슨 봉변을 당할지 모른다.

"피하세요! 위험합니다!"

스태프 중 한 사람이 화재의 소식을 듣고 달려왔다.

한참 불길을 바라보던 동현은 슬며시 발을 뺐다.

야외무대가 완전히 불 탈 수준의 화재도 아니고, 실내도 아닌 실외니까.

이 정도라면 동현이 직접 손쓰지 않아도 저들이 알아서 진압할 수 있을 수준이다.

"가 있자."

동현의 말에 우형은 고개를 끄덕였다.

우형 역시 자신이 돕지 않아도 해결 될 수준이라고 생각했기 때문이리라.

두 사람은 불이 난 장소에서 벗어났다.

화재가 난 것이 알려지자 불꽃놀이는 예상 시간보다 더욱 일찍 끝났다.

스태프들은 관객들에게 알리지 않고 사람들을 돌려보냈다.

만일 화재가 난 것이 사람들에게 알려지면 그들은 뛰어나갈 것이 분명할 터.

만일 그렇게 되면 사람들의 발에 밟혀 부상자가 나올 수도 있기 때문이었다.

사람들이 조금씩 빠져나가자 스태프들은 급히 물을 길어와 불을 끄기 시작했다.

소방대원을 불렀으니, 그들이 오기까지 임시방편으로 불이 번지는 것을 막는 것이었다.

"바람이 불어 불길이 조금씩 번지고 있으니, 일단 피하세요."

스태프의 말에 동현은 고개를 들어 불이 난 장소를 바라보았다.

그의 말대로 조금씩 불이 더 커지고 있었다.

동현은 볼을 긁적였다.

도와주어야 하나, 말아야 하나 갈등이 생겼다.

[저 정도는 저들이 할 수 있는 일 아닌가. 자네가 신경 쓰지 않아도 될 걸세.]

유그아닌의 말에 동현은 미련이 남는다는 듯 두어 번 더 그 자리를 돌아보았다.

빠르지는 않지만 불길이 조금씩 번지고 있었다.

미련 남는다는 듯 계속해서 돌아보는 동현이 답답했던 것일까.

유그아닌은 한심하다는 표정을 지으며 말했다.

[저 정도 수준의 불길도 제압하지 못하면 이곳 사람들은 먼 옛날에 다 타 죽었어야 하네. 이정도 발달한 나라에서 불길

하나 제압 못하겠는가?]

유그아닌의 말에 동현은 납득했다는 듯 고개를 끄덕였다.

"그래도 콘서트가 다 끝나고 이래서 다행이네."

우형이 중얼거리듯 말했다.

그의 말에 동현은 동감한다는 듯 고개를 끄덕였다.

민간인 피해자가 나올 위험은 없으니, 다행은 다행이었다.

동현은 마지막으로 현장을 돌아보고는 이내 다른 이들과 같이 콘서트장을 빠져나가기 위해 차로 발걸음을 옮겼다.

후우웅─

동현이 탄 차가 출발하는 순간, 높은 상공에서 마나가 일렁이는 것이 느껴졌다.

콘서트가 시작되기 전, 비가 내리는 것을 막기 위해 구름을 바람을 이용해 멀리 보내 버렸을 때.

그때 걸어둔 마법이 이제야 발동한 것이다.

'조금 위험하지 않을까요?

동현은 차의 창문을 열어 바람의 움직임을 확인했다.

바람이 조금씩 강해지고 있다.

일반 사람들은 느끼기 힘들 정도겠지만 동현은 알 수 있었다.

아까 걸어둔 마법이 구름을 몰아오고 있다.

그것도 바람을 이용해서 말이다.

동현은 짧게 혀를 찼다.

지금이야 괜찮을지 모르지만 오 분 정도가 지나면 바람은 더욱 거세게 불 것이다.

"그냥 비가 내리게 만들어 놓을 것을……."

구름을 몰고 오는 것이 아니라 그냥 마나를 이용해 구름이 모으고 비를 내리게 하는 것이 나을 뻔했다.

기세로 보아 아마 십 분 후면 구름이 다시 모여들 것이다.

하지만 비가 올지 안 올지는 미지수.

눈대중으로 보아서는 올 것 같지만 확실하지가 않았다.

"왜 그래?"

하늘과 화재가 난 장소를 번갈아 보는 동현의 행동에 의문을 느낀 우형이 물었다.

"……."

동현은 아무런 대답도 하지 않은 채 화재가 난 장소만을 바라보았다.

화재가 더욱 심해지나 나아지나 보기 위함이었다.

한참 차가 달리고 있을 때.

동현이 혀를 차며 말했다.

"세워주세요."

"뭐?"

갑작스러운 동현의 말에 무혁이 되물었다.

"급해요. 세워주세요."

"너 바로 호텔로 돌아가서 사무엘하고 만나야 해. 어딜 가려고."

"금방 올게요."

우형의 말에 무혁은 길게 한숨을 내쉬며 제 머리를 흐트러뜨렸다.

"어디 가는데? 그건 말하고 가."

"화재 현장이요."

숨김없이 말하는 동현의 태도에 무혁은 어처구니없다는 듯 헛바람을 내뱉었다.

다칠지 모르니 나가라고 하는 곳에 제 발로 걸어 들어가겠다니.

"거기를 왜 가, 가뜩이나 위험한 데를!"

무혁이 언성을 높이며 말했다.

지난 일이 스치듯 지나갔기 때문이다.

월드 탑의 초대가수로 콘서트에 참가했던 그때.

부상을 입었음에도 불구하고 '가수라고 해서 먼저 도망 갈 수 없다'며 불이 난 콘서트장에 뛰어들었다.

그리고 크게 다쳐서 모습을 드러냈었지.

무혁의 눈에는 그때와 지금의 상황이 오버랩되어 보였다.

그 상황과 현재의 상황이 그다지 다를 게 없다는 사실을 깨달았기 때문이다.

지금도 타 가수의 초대가수로 무대에 올랐고, 화재가 일어났다.

또한 외국이다.

동현이 부상을 입은 것은 아니지만 가게 내버려두면 다시 나타날 때 또 다쳐서 올 것 같았다.

"뭐하러 가는 건데. 놓고 온 건 없잖아. 네가 해야 할 일도 없고."

그 화재 현장에서 동현이 할 일은 없다.

소방대원들이 사람들을 구해낼 것이고, 불길을 잡을 것이다.

그것은 동현도 알 터.

이미 현장과는 꽤 거리가 있는데 돌아가겠다는 말이 이해가 되지 않았다.

무혁의 물음에 동현은 슬쩍 시선을 피했다.

무엇을 하러 가느냐?

두말할 것도 없다. 마법으로 불을 끄든지 바람을 멈추든지 둘 중 하나는 해야만 했다.

그래야 이 이상 큰 피해가 일어나지 않을 테니까.

게다가 방금 구름을 보고 온 유그아닌이 구름이 검은 빛을 띠고 있지 않다고 했다.

게다가 비도 오고 있지 않다고 말이다.

"도와주러요."

"네가 안 가도 거기 일할 사람 많아. 이것저것 오지랖 넓게 행동하다가 너만 다쳐."

무혁은 안 된다는 듯 단호히 말했다.

그런 무혁의 말에 동현은 긴 한숨을 내쉬었다.

이러고 있는 사이 바람은 조금씩 더 강해만 지고 있었다.

'공부를 좀 더 해놓는 건데.'

이미 시전되기로 한 마법을 취소하는 방법은 모른다.

사실상, 마법은 필요할 때 썼기 때문에 취소할 필요도 없었으니까.

그 탓에 지금 이렇게 똥줄이 타들어 가고 있는 것이겠지.

"안 멈춰주시면 뛰어내릴 거예요."

동현이 창문을 활짝 열며 창틀에 걸터앉았다.

동현의 그런 행동에 무혁은 크게 당황했다.

달리는 차 안이라면 모를까, 신호에 걸려 멈추기라고 하면 금방 뛰어내릴 태세였다.

"위험한 장난치지 말고 내려와."

"허락 안 해주실 거예요?"

"안 된다고 이미 얘기했잖아."

"음… 그럼 그냥 다녀와서 혼날게요."

동현은 씨익 웃었다.

그리고 창문 밖으로 몸을 던졌다.

그것도 달리는 차 안에서.

"이런 미친놈!"

놀란 무혁은 급히 차를 멈췄다.

그리고 급히 차에서 내려 주위를 확인했다.

인도 바로 옆에서 달리고 있었기 때문에 다른 차에 치일 위험은 없다.

하지만 다칠 위험은 충분히 있었다.

"있어?"

근방을 살펴 본 무혁이 우형에게 물었다.

그의 물음에 우형은 고개를 내저으며 핸드폰을 들이밀었다.

화면에는 동현이 보낸 문자가 자리 잡고 있었다.

─화재 현장에 갔다가 수습되면 바로 돌아갈게.

문자를 본 무혁은 어처구니없다는 듯 머리카락을 흐트러뜨렸다.

설마 진짜 뛰어내릴 줄이야.

"돌아가자."

"어디로요?"

"동현이 있는 데로 가야 할 것 아니야. 쯧, 다치면 어쩌려고."

무혁은 급히 차에 타 방향을 바꿨다.

돌아가는 도중에 만나기를 간절히 바라며.

*　　　*　　　*

"미치겠네."

순식간에 현장으로 되돌아온 동현이 낮게 읊조렸다.

차로 이동하고 있던 잠깐 사이에 불이 수습되기는커녕 더 크게 번지고 있었다.

멀리서 보아도 바로 보일 정도니, 불이 얼마나 커졌는지 알 만했다.

동현은 혀를 차며 불이 난 곳으로 달려갔다.

소방관들은 아직도 도착하지 않은 것인지 스태프들이 급하게 돌아다니고 있다.

동현은 분주하게 움직이는 사람들 사이에 섞여 들어갔다.

사람이 많다 보니 스태프들도 동현을 알아보지 못했다.

그가 기묘하게 사각을 이용해 얼굴을 숨긴 것도 한 건 했다.

[난리도 보통 난리가 아니구먼.]

유그아닌은 급히 물을 퍼 나르는 이들을 바라보며 중얼거렸다.

"이 정도 불이면 고작 저 정도 물로 어림도 없을 텐데……"

동현은 중얼거리며 하늘을 올려보았다.

저 멀리 구름더미가 몰려오는 것이 눈에 들어왔다.

밤인 탓에 구름이 회색으로 보였지만, 먹구름은 아니라고 하니, 비는 오지 않을 터.

'그냥 마법으로 신나게 퍼부어 버리는 게 좋을 것 같네요.'

[너무 세면 저것들이 다 무너질 걸세. 일단 고립된 사람이 있을지도 모르는 일 아닌가.]

유그아닌의 말에 동현은 작게 탄성을 흘렸다.

무대 뒤편이 아니라 현재 야외무대 전체가 불타고 있는 상황.

처음에는 몰라도 후에 불을 끄겠다고 하다가 불길에 휩싸인 사람도 있을 수 있는 상황이다.

[일단 걸어둔 마법부터 해제시키게. 바람이 점점 더 세게 불고 있지 않은가.]

'어… 그게요, 나 할 줄 몰라요. 이미 쓴 마법을 취소하는 방법은.'

[…돌아가면 다시 공부 좀 하세.]

유그아닌은 길게 한숨을 내쉬었다.

동현은 알겠다는 듯 뒷머리를 긁적였다.

[일단 비부터 뿌리든 뭐든 하시게. 불길을 잠재워야 할 것 아닌가]

'네, 근데 유그아닌이 제가 걸어둔 마법을 취소시켜 주시면 되는 거 아니에요?'

동현의 말에 유그아닌은 고개를 내저었다.

다른 사람이 시전시킨 마법을 타인이 취소시키는 것은 매우 어렵다고 한다.

유그아닌 본인의 실력이라면 가능하겠지만 시간도 오래 걸리고 번거롭다고 한다.

시간을 오래 끌어서 좋을 것 없는 지금 상황에서는 적절한 선택이 아니라고 한다.

동현은 한숨을 내쉬었다.

구름을 움직여 와서 비가 오지 않도록 만든 이는 다름 아닌 동현 자신이다.

그 탓에 비로 씻겨나가야 했을 불씨가 커지고 있다.

이리 일이 커진 것에는 동현이 탓이 크니 마무리는 자신이 해야 한다.

'일단… 바람부터 어떻게 해볼게요.'

[그런 말할 사이에 어서 하시게.]

유그아닌의 말에 동현은 조금 구석진 곳으로 향했다.

사람들이 분주하게 움직이는 곳 가운데서 마법을 쓸 수는 없었으니까.

동현은 한숨을 푹 내쉬었다.

살랑거리던 바람은 이제 난폭하다 싶을 정도로 강하게 불었다.

구름이 이 근처까지 왔기 때문이리라.

동현은 마나를 끌어올려 기류를 움직였다.

그의 몸에서 푸른빛이 아지랑이 같이 피어올랐다.

피어오른 기운들은 흐트러지게 하늘로 솟구쳐 오르기 시작했다.

그 기운들은 매섭게 부는 바람을 잠재웠고 거세게 불던 바람은 조금씩 사그라들었다.

동현은 손을 휘저었다.

바람이 사라짐과 동시에 움직임이 둔해진 구름이 한곳으로 모여들었다.

마나로 인해 모은 구름들은 증식하기 시작했다.

두 배, 세 배…….

자그마치 열 배 이상으로 불어난 구름은 조금씩 흙빛으로 물들었다.

후두둑—

얇은 빗줄기가 서서히 떨어지더니 뜨겁게 달아오른 바닥을 적시기 시작했다.

빗줄기가 굵지도, 강하지도 않으니 불탄 곳이 비로 인해 무너지거나 하지는 않을 것이다.

적어도 당분간은.

동현은 모습을 감추고 불속으로 뛰어들었다.

매캐한 연기가 콧속을 파고들었다.

동현은 마나를 전신으로 퍼뜨려 온몸에 얇은 막을 둘렀다.

막을 두르자 연기는 물론, 뜨거운 열기 역시 느껴지지 않았
다.

그는 빠르게 발을 놀려 불 가운데 있을 사람을 찾기 위해
뛰어다녔다.

인기척은 예상외로 많이 느껴졌다.

바람이 불어와 빠르게 번지는 불에 대응하지 못한 것이겠
지.

동현은 자신과 가까이 있는 사람을 최우선으로 하여 그들
에게 다가갔다.

복장을 보니 스탭인 듯했다.

"사, 살려주세요……."

그들은 멀쩡한 동현의 모습을 보자 구하러 온 사람이라는
것이라 생각한 걸까.

사람들은 살려달라고 애원하는 목소리로 동현의 발걸음을
잡았다.

불길에 휩쓸린 지 긴 시간이 지난 건 아닌 듯싶었다.

동현은 그들에게 마나를 불어넣어 주었다.

"이 길을 따라 나가면 밖으로 나가실 수 있으실 겁니다."

"무, 무너지지는 않을까요?"

"괜찮습니다. 이 길만 쭉 따라가세요."

동현의 말에 그들은 서로 웅성대다가 이내 고개를 끄덕였
다.

이곳에 있는 것보다는 들어온 사람의 말을 듣는 것이 그나마 나으리라 생각한 것이다.

마나를 불어넣어 주었으니, 일반 사람들보다 더 빨리 나갈 수 있을 것이다.

"이렇게 내보내다간 끝이 없을 것 같은데……."

느껴지는 기척은 자그마치 스물이 넘는다.

뭉쳐져 있는 사람도 있지만 따로 떨어져 있는 사람이 있으니, 서두르지 않으면 안 된다.

길을 따라나가라 하더라도 더 깊숙이 들어가면 나가는 길을 찾기 힘들 터.

게다가 방금 내보낸 사람의 말처럼 이 천막이 내려앉을지도 모르는 일이다.

일반 천막들보다 튼튼하게 만들어진 것이라 하더라도 지지대가 타면 말짱 도루묵이니까.

"스프링쿨러 정도는 달아놓지……."

동현이 작게 투덜거렸다.

그 말에 유그아닌이 말했다.

[어렵게 생각하지 마시게. 간단하게, 자네가 가는 길마다 불을 끄면 되지 않는가.]

"어떻게요?"

[그걸 일일이 가르쳐 줘야 하나? 이 부실한 건물에 피해를 주지 않고 불을 끄는 방법이 뭐가 있겠는가?]

유그아닌의 말에 동현은 뒷머리를 긁적였다.

건물에 피해를 주지 않고 불을 끄는 법이라.

잠시 생각에 잠긴 동현은 이내 방도를 떠올렸다는 듯 탄성을 질렀다.

"흡수?"

[그리 멍청하지는 않아 다행이로구먼.]

유그아닌의 말에 동현은 답없이 불길을 향해 손을 뻗었다.

손끝에서 얇은 실 같은 것들이 서너 가닥 뻗어져 나왔다.

그것들은 무작위로 집어 삼키고 있는 불을 단숨에 휘감았다.

스스스스—

옅은 바람이 일었다.

그리고 순간 기세 좋게 타오르던 붉은 빛이 눈 깜빡할 사이에 소멸되었다.

동현은 주먹을 두어 번 쥐었다 펴는 것을 반복했다.

평소와 사뭇 다른 기운이 들어온 것이 느껴졌다.

불들이 마나에 의해 사라지면서 그 기운을 빨아들인 것이다.

"마나 아낄 필요는 없겠네."

동현은 씨익 웃으며 전신에서 실오라기를 뽑아냈다.

그리고 곧장 인기척이 나는 곳으로 발을 놀려 그곳으로 향했다.

동현이 발을 디뎌 불 가운데를 지나쳐 갈 때마다 불들은 휘청이며 그 자취를 감추었다.

불길에 갇힌 사람은 역시나 많았다.

동현은 일산화탄소를 많이 들이마셔 제대로 정신을 차리지 못하는 이들에게 마나를 불어넣어 주었다.

마나는 몸속에 이물질을 제거하고 그들의 정신을 맑게 해 주었다.

[안쪽에 셋이 더 있네. 그들이 마지막일세.]

"저기는……."

동현은 중얼거리며 인기척이 느껴지는 곳을 바라보았다.

멀지는 않지만 매우 위험하다.

눈대중으로 보아도 무너지기 직전이라는 것을 알 수 있었으니 말이다.

동현은 급히 불길을 흡수해 기척이 느껴지는 곳으로 텔레포트를 사용했다.

무너져 내리기 직전인 장소라면 느긋하게 불길을 흡수하며 걷는 것보다 나을 테니까.

갑작스러운 시야 변동에 동현은 슬쩍 미간을 찌푸렸다가 폈다.

흔들리는 시야에 보이는 것은 한 가족인 듯싶었다.

동현은 마른기침을 내뱉으며 빠져 나가기 위해 기어가다시피 하며 앞으로 나아가 그들에게 접근했다.

동현은 숨을 헐떡이는 이들의 상태를 살폈다.

"이런……."

동현은 혀를 찼다.

이 세 사람들은 일산화탄소와 열기에 너무도 오랜 시간 노출되었다.

피부는 화상을 입었고, 열기에 장시간 노출되어 내부도 좋지 못할 것이다.

마나를 불어넣어 주어 일시적으로 몸을 회복시킨다 해도 잠시뿐일 터.

그 후유증은 적지 않을 것이다.

'후유증이고 뭐고 일단 살리고 봐야겠지.'

동현은 숨을 헐떡이는 한 사람을 잡고 말했다.

그리고 동현은 그들의 상태에 낮은 헛바람을 내뱉을 수밖에 없었다.

이미 눈이 반 이상 풀린 상태.

그러니 동현이 갑작스레 나타났음에도 불구하고 아무런 반응을 못한 것이겠지.

"이봐요, 괜찮으세요? 정신차려 보세요."

동현은 그들의 의식을 끄집어 올리기 위해 몸을 흔들었다.

하지만 돌아오는 반응은 없었다.

동현은 혀를 차며 그들에게 흡수한 마나를 쏟아부었다.

마나들은 그들의 몸 주위를 맴돌다가 세 사람의 몸에 고르게 흡수되기 시작했다.

"콜록, 콜록!"

제일 먼저 의식이 돌아온 사람은 가족의 가장이었다.

"괜찮으세요?"

"살려, 살려주세요……. 제발… 아이만이라도……."

"진정하세요. 세 분 모두 밖으로 내보내 드릴게요."

의식이 돌아온 이는 매우 불안해 보였다.

끼익, 끼익 거리며 들려오는 소리가 그들의 공포심을 더욱 고조시켰다.

"걸으실 수 있으시겠어요?"

동현의 물음에 그는 몸을 몇 번 들썩여 보더니 이내 고개를 내저었다.

우지끈!

[곧 무너질 것 같네. 자네는 몰라도 이자들은 위험해.]

'조금 버텨주실 수 있으세요?'

[불가능한 것은 아니네만, 마법으로도 잠깐 버티는 것이 한계네. 이곳은 너무 손상됐어.]

'잠시라도 부탁드릴게요.'

동현의 말에 유그아닌은 고개를 끄덕이며 사방에 마나를 흩뿌렸다.

그 사이에 동현은 세 사람을 일렬로 눕혔다.

언제 무너질지도 모르는 이 상황에서 한 사람씩 밖으로 데리고 나가는 것은 무리다.

한 사람을 데리고 나가는 순간, 어찌 될지 모른다.

아마 이곳이 무너져 나머지 둘은 구하지 못하는 상황이 벌어질지도.

차라리 일단 무너지지 않을 만한 곳까지 한 번에 이동해야 한다.

그런 후 한 사람씩 내보내는 것이 나을 것이다.

밖에까지 텔레포트를 했다가는 허공에서 사람이 나타났다고 논란이 될 수도 있으니까.

거기까지 생각한 동현은 머릿속을 뒤졌다.

텔레포트의 수식이기는 하지만 조금은 다른 수식.

혼자서 텔레포트를 사용한 적은 많지만 누군가와 함께 이동한 적은 없다.

동현은 혀로 마른 입술을 축이며 급히 주문을 외웠다.

푸른 빛이 동현의 몸에서 흘러나왔다.

그와 동시에 나란히 누워 있는 세 사람의 아래로 커다란 마법진이 모습을 드러냈다.

"아저씨… 살려줘요."

주문이 막바지에 다다랐을 때, 지금껏 눈을 감고 있던 아이가 떨리는 목소리로 말했다.

동현은 옅게 웃으며 검은 재를 뒤집어 쓴 아이의 얼굴을 쓰다듬어 주었다.

"걱정하지 마."

그 말에 안심이 된 것일까.

소녀는 입을 달싹이며 고맙다는 말을 전하고 다시 눈을 감
았다.

[더 이상 버틸 수 없네.]

유그아닌의 말에 동현은 고개를 끄덕이며 빠르게 남은 주
문을 읊었다.

"텔레포트."

환한 빛이 세 사람은 물론 동현의 몸까지 감쌌다.

그리고 그와 동시에 유그아닌은 마나를 펼쳐 주위를 바치
던 기운을 모두 흩어버렸다.

와지끈!

후두둑—

그와 동시에 커다란 소리가 들리며 위에서부터 작은 조각
들이 우수수 떨어져 내렸다.

파앗!

크고 작은 돌멩이들이 머리를 가격하려는 순간, 빛이 번쩍
였다.

그리고 그곳에 있는 사람의 모습은 볼 수 없었다.

시야가 강하게 흔들렸다.

아무래도 많은 사람을 한꺼번에 옮기는 시도는 이번이 처
음이라 그런지, 허술한 면이 많았다.

동현은 어질거리는 머리를 부여잡고 흔들리는 시야가 돌아오기를 기다렸다.

"사람이 갑자기 나타났다!"

"저 사람, 오늘 사무엘 무대에 초대 가수로 선 사람 아니야?"

"맞는 것 같은데?"

동현은 웅성거리는 소리에 어안이 벙벙했다.

그 순간 제대로 돌아온 시야에 주위를 살펴보니, 이곳은 '무너지지 않을 만한 곳'이 아니다.

어째서인지 천막의 완전 밖.

그것도 어느 정도 거리가 있는 곳에 떡하니 나와 버렸다.

동현은 재빨리 아까 읊은 수식들을 다시금 되뇌어보았다.

'아! 좌표!'

동현은 머리를 긁적였다.

급한 나머지 제대로 된 좌표 계산이 되지 않았던 것이다.

동현은 신기한 듯 바라보고 있는 소방대원을 불러 세 사람을 맡겼다.

흡수된 마나가 치료를 돕고 있으니 사망에 이르지는 않을 것이다.

동현은 그들을 소방대원에게 맡기고 급히 자리에서 벗어났다.

아니, 벗어나려 했지만 벗어날 수 없었다.

두 사람이 믿을 수 없다는 표정으로 동현을 바라보고 있었기 때문에.

＊　　　＊　　　＊

화재 사건 이후, 기사가 봇물 터지듯 쏟아져 나왔다.

―사무엘 라이커즈 기념 콘서트. 끝나자마자 화재. 사망자는 없어…….
―페이머스, 둘이 모이니 또 사고! 이번에는 라스베이거스……!

이러한 기사들만 나왔다면 별 문제가 되지 않았다.

―기적적으로 살아난 하나의 가족. 구해준 사람으로 '동현'을 지목해…….

그 기사에서는 동현이 구해준 세 사람의 인터뷰가 있었다.
정신을 차리지 못한 사람은 그저 '포근한 푸른빛이 나를 감쌌어요. 그리고 살았죠' 라는 말만을 했다.
문제는 동현의 얼굴을 본 두 사람이었다.
두 사람은 자신들이 본 그대로 인터뷰에 답했다.

죽기만을 기다리고 있었을 때 갑자기 동현이 나타났다고 말이다.

그리고 눈을 돌려 봤을 땐 자신들의 생명을 위협하던 불길이 흔적만을 남기고 사라졌다고 한다.

그때 동현이 걱정 마라, 도와주겠다 말했고 푸른빛에 휘감겨 눈을 뜨니 밖이었다.

이것이 그들이 답변한 내용의 전부였다.

다행히 이러한 말을 사람들은 믿지 않았다.

불속에서 극한의 상황으로 몰려 정신이 혼미해졌다고 생각했기 때문이다.

그것이 다행이기는 하지만, 문제는 우형과 그와 함께 있던 무혁이다.

그들은 자신이 차에서 뛰어내려 현장으로 간 즉시 되돌아왔던 것 같았다.

동현은 한숨을 내쉬었다.

애초에 발견한 것이 다른 사람이었다면 얼마나 좋았을까.

아니, 왜 하필 그때 도착해서 나타나는 것을 정면으로 목격한 것일까.

─빨리 설명해 줘. 만화에서만 나올 것 같은 그 이상한 무늬는 뭐야.

"후우……."

[말해도 별로 상관없지 않은가. 그냥 말하게. 21세기에 단

하나뿐인 마법사라고.]

유그아닌의 말에 동현은 머리를 헝클었다.

제일 큰 문제는 이것이었다.

갑자기 나타난 것을 목격한 것? 그것은 약과다.

맨 처음 나타난 것을 본 우형과 무혁이 푸른빛의 마법진을 보았다고 말한 것이다.

유그아닌의 말로는 그것이 동현의 곁에 오랜 시간 있어서라고 말했다.

동현은 일반 사람보다 몇백 배는 많은 마나를 갖고 있다.

그런 사람의 곁에 있다 보니 동현의 몸에서 흐르는 마나들을 옆에서 많이 받고 있었을 터.

때문에 동현의 곁에 있는 사람은 일반인보다 마나 친화력이 높다고 한다.

그 때문에 다른 사람들은 보지 못했던 마법진을 본 것이라고 한다.

게다가 우형은 동현이 몇 번 마법을 걸어준 적이 있으니 더하면 더했지 덜하지는 않았다.

우형은 스케치북으로 동현을 툭툭 쳐 멍한 상념에 잠긴 그를 끌어냈다.

화들짝 놀란 동현은 낮게 한숨을 내쉬며 머리칼을 흐트러뜨렸다.

“그러니까 그건……”

동현은 혀로 마른 입술을 축였다.

사실을 말하는 것은 그다지 어려운 것이 아니다.

하지만 문제는 말하고 난 다음이다.

동현의 이야기를 믿어주나 믿어주지 않나 말이다.

동현은 길게 한숨을 내쉬었다.

우형은 처음과 달라지지 않은 표정으로 동현이 입을 열기만을 기다렸다.

"얘기하는 건 어렵지 않아. 그런데……."

―그런데 뭐가 문제야?

"쉽게 믿을 만한 얘기가 아니라서."

동현의 말에 우형은 마법진을 떠올리며 고개를 끄덕였다.

―믿으려고 노력해 볼게. 그러니까 얘기해 줘.

우형은 빙긋 웃었다.

그 말에 문 근처에 등을 기대고 있던 무혁 역시 고개를 끄덕였다.

[그냥 얘기하시게. 마법을 사용한다는 것이 흠이 되는 것은 아니지 않은가.]

'흠 보다는 메리트가 되지만 문제는 얘기를 하면 미친놈 취급당하기 쉬운 민감한 문제죠.'

가볍게 대답한 동현은 어쩔 수 없다는 듯 무혁과 우형을 번갈아 보았다.

미친놈 취급을 당하든 뭐든 일단 그들이 얘기해 주기를 바라니까 할 것이다.

결과가 어떻게 될지는 미지수이지만 말이다.

"난… 마법을 쓸 수 있어. 흔히 말하는 마법사 같은 거지."

"뭐?"

입을 연 동현의 행동에 눈을 반짝이던 우형은 스케치북이 아닌 육성으로 말했다.

얼마나 어이없고 황당했는지, 행동으로 보여주는 것이었다.

황당하다고 느낀 것은 우형뿐만이 아니었다.

긴박한 상황이 아니면 표정 변화가 얼마 없는 무혁조차도 어처구니없다는 표정을 하고 있었다.

동현은 그럴 줄 알았다는 듯 어깨를 으쓱였다.

―어… 일단 계속 얘기해 봐.

우형으 말에 동현은 고개를 끄덕였다.

이미 말을 꺼낸 것부터 미친놈 취급이 시작됐겠지만, 어차피 후에는 믿게 될 테니까.

동현은 천천히 우형을 만나기 전.

마법을 쓸 수 있게 되기 전의 일에 대해 이야기를 늘어놓았다.

심한 교통사고를 당해 죽기 직전까지 갔었다는 것.

그리고 그때 이계에서 온 유그아닌이라는 마법사를 만난 것.

그 이후부터 마나와 마법에 대해 가르침을 받은 것까지.

민찬호와 헤일드에 관한 이야기를 할까 하다가 그것에 대해서는 침묵하기로 했다.

동현의 현재 상황에 대해 설명하기에 그들의 이야기는 필요하지 않으니까.

—사실이야?

동현의 모든 말을 들은 우형은 떨리는 손으로 글을 써 그에게 보여주었다.

믿고 싶으나 현실과 너무 동떨어진 이야기이기에 우형은 어안이 벙벙했다.

우형은 머리를 긁적였다.

하지만 생각해 보면 일리가 없는 이야기는 아니었다.

지금껏 우형이 겪은 동현은 일반 사람은 할 수 없는 행동을 많이 했었으니까.

몇 시간씩이나 쉬지도 않고 연습을 하는 것.

또 무너진 콘서트장 안에서 크게 다쳤지만 살아 돌아온 것.

의사들도 혀를 내두를 정도로 빠른 회복력까지.

그의 말을 듣고 다시금 되짚어보니 믿을 수 없었던 그 많은 일들이 조금은 이해가 되는 것 같았다.

"증거를 보여줄까?"

미묘한 표정을 짓고 있는 우형의 얼굴을 본 동현이 물었다.

그의 말에 우형은 고개를 갸웃거리며 동현을 바라보았다.

─증거?

우형의 물음에 동현은 고개를 끄덕이며 한 손을 들어올렸다.

그와 동시에 기류가 뒤틀리더니 손바닥 위에 주먹만 한 얼음 덩어리가 모습을 드러냈다.

"헉!"

그리고 동현이 반대 손을 들어 얼음의 면을 훑었다.

화르륵!

순식간에 나타났다가 불과 함께 증발해 버리는 얼음.

그 모습을 본 두 사람은 얼빠진 표정으로 동현을 바라보았다.

"이, 이게 무슨……."

지금껏 아무런 말도 하지 않았던 무혁이 믿을 수 없다는 듯 중얼거렸다.

우형은 그저 놀랐다는 듯 두 눈을 동그랗게 뜨고 있을 따름이었다.

─아, 그 유그아닌이라고 했나. 그분 여기 계셔?

"응."

한동안 멍하니 있던 우형은 갑작스레 유그아닌에게 관심을 보였다.

동현은 자신의 옆에 서 있는 유그아닌을 올려다보았다.

[나도 관여해야 하는 문제인가?]

유그아닌의 물음에 동현은 어깨를 으쓱였다.

우형이 유그아닌의 존재를 묻는 것을 보면 동현이 한 말을 어느 정도 믿었다는 뜻이다.

"있는데, 뭐. 어떻게 해? 만나고 싶어?"

동현의 물음에 우형은 눈을 반짝이며 강하게 고개를 끄덕였다.

"그렇다는데요?"

동현은 유그아닌을 올려다보며 말했다.

우형과 무혁이 보기에는 동현이 허공에 대고 말한 것 같이 보였지만, 괘념치 않았다.

그곳에 유그아닌이라는 마법사가 있으리라 믿었기 때문에.

[에잉, 귀찮게 하는구먼.]

유그아닌은 중얼거리며 자신의 몸을 실체화하기 시작했다.

마나들이 모여 조직을 이루고 영체 상태인 유그아닌의 육체를 만들어냈다.

항상 투명하기만 했던 그의 몸이 완벽한 색채를 이루었다.

총기를 머금은 은빛 눈동자.

기다랗게 늘어진 수염.

머리카락색과 흡사한 새하얀 로브를 뒤집어 쓴 그는 과거 파리했던 모습과는 달리 엄연히 생기를 머금은 모습을 하고 있었다.

"우와……."

허공에서 머리부터 서서히 나타나는 유그아닌의 모습에 둘은 입을 쩍 벌렸다.

"거 참……."

놀란 듯 바라보는 두 사람의 시선에 유그아닌은 멋쩍은 듯 수염을 쓸어내렸다.

"뭐, 그래서. 이제 동현이 하는 말을 믿겠는가?"

두 사람은 천천히 고개를 끄덕였다.

마법을 눈앞에서 본 것에 이어서 허공에서 사람이 나타나는 것을 보았다.

안 믿고는 못 배기는 것이었다.

유그아닌이 모습을 드러낸 이후 많은 이야기를 주고받았다.

특히 마법에 관해서 말이다.

동현이 이능을 펼친 것이 그렇게 신기했던 것인지 우형은 계속해서 마법에 관심을 가졌다.

하지만 유그아닌은 그런 우형에게 좋은 대답을 해줄 수 없었다.

우형은 현재 나이를 먹을 대로 먹었고, 친화력도 특출 난 것도 아니다.

동현이야 유그아닌을 통해 흘러간 마나도 있고, 워낙 상성이 잘 맞았지만, 우형은 그렇지 못한 것이다.

"하지만, 아예 안 되는 것은 아닐세."

유그아닌의 대답에 우형의 얼굴이 활짝 펴졌다.

"마법은 무리이겠지만 마나를 활용하는 것 정도라면 가능할지도 모르네."

"가르치시게요?"

동현의 물음에 유그아닌은 말없이 우형을 바라보았다.

반짝이는 눈을 보니 마법이나 마나에 대해 배우고 싶어 하는 학구열이 넘쳐흘렀다.

동현은 긴 한숨을 내쉬었다.

미친놈 취급을 하지 않는 것은 다행이나, 그가 마나를 배우다니.

자신이 한참 마나 훈련을 시작했을 때를 떠올린 동현은 슬쩍 몸을 떨었다.

두 번 다시는 떠올리고 싶지 않았던 기억이다.

정말 끔찍하던 때였으니까.

Chapter 07
시간이 지나 만난 그는

　초대 콘서트 이후 동현은 우형과 라스베이거스를 구경하
고 한국으로 들어왔다.
　그리고 온 인터넷에 퍼져 있는 기사에 당황을 금치 못했다.

　—사무엘 라이커즈, 페이머스 동현과 우형에게 극찬.
　—동현의 행동에 감동받아…….

라는 제목으로 올라와 있는 기사들.
　그것들은 사무엘을 인터뷰한 것들이 있었는데 그가 페이
머스를 언급했다고 한다.

자신은 화재가 나 먼저 도망치려고 한 사이.

사람을 구하기 위해 불길로 뛰어 들어간 동현의 행동에 자신이 부끄러웠다고 말이다.

또한 무대 시작 전 그와 이야기를 나누고 많은 깨달음을 얻었다고 한다.

사실상 나눈 이야기라고는 무대를 어떻게 해야 좋을까, 하는 것뿐이었지만.

동현은 헛웃음이 흘러나오려는 것을 간신히 틀어막았다.

가뜩이나 동현에게 집중되어 있었던 이목이 더욱 집중되어 버렸다.

아마 이번 앨범을 발매하면 적지 않게 관심이 쏠릴 것이다.

"외국 사람의 과장이란……."

동현은 기사를 훑어보며 사무엘이 한 말이 적힌 글을 읽었다.

정말 적지 않은 과장이 들어가 있었다.

기자들이 과장한 것도 있었겠지만, 사무엘 역시 얘기를 하면서 크게 과장했겠지.

동현은 길게 하품을 하며 노트북을 덮었다.

그날 이후 크고 작은 것들이 변했다.

동현밖에 쓰지 못했던 능력을 우형도 조금은 쓸 줄 알게 되었다는 것이다.

그래봐야 새발에 피였지만 말이다.

과거 유그아닌이 말한 대로 우형은 마법을 배우기 좋은 몸이 아니었다.

마나로드를 뚫어야 할 길은 불순물로 꽉꽉 막혀 있었다.

그뿐만이 아니라 태생부터 마법사의 길을 걸을 만한 인재가 아니라고 한다.

그나마 다행인 것은 유그아닌이나 동현의 근처에 오래 머물렀다는 점.

덕분에 그나마 일반 사람들보다는 그나마 낫다는 것이었다.

유그아닌은 그런 우형을 가르치는 것을 멈추지 않았다.

원래 가능성없는 싹은 키우지 않는 것이 보통이라고는 하지만 그는 우형을 가르쳤다.

유그아닌은 자신이 살던 곳에서 누군가를 가르치고 살았다.

귀찮아서 제자를 잘 받지 않았다고는 하지만, 한두 명쯤은 가르쳤을 터.

이곳에 와서 동현이 마법에 대해 모두 깨우치고 나니 심심한 것이었다.

사실상 유그아닌이 가르쳤다고 하더라도 영혼의 계약으로 가르친 건 반도 안됐으니까.

"할 만해?"

동현은 소파에 누워 기진맥진한 표정으로 들어오는 그를

바라보며 말했다.

우형은 반쯤 넋 나간 표정으로 고개를 좌우로 내저었다.

"죽을 맛이지?"

우형은 고개를 끄덕였다.

이곳저곳 생채기가 나 있는 것을 보니 '마나를 알려면 체력이 먼저'라는 말을 실현시키고 있는 것 같았다.

"나도 처음엔 그랬어."

동현이 키득이며 말하자 우형은 비적비적 걸어와 반대편 소파에 쓰러지듯 누웠다.

"기본 마나도 없는데 저 시키듯이 시키셨어요?"

[그럴 리가 있나. 우형의 역량에 맞게 시켰다네. 보다시피 제 발로 걸어오지 않았나?]

유그아닌의 말에 동현은 우형을 바라보았다.

소파에 누운 지 얼마 되지 않았음에도 불구하고 그대로 잠이 들은 것 같았다.

"진전은 있어요?"

[처음보다 아주 좋아졌네. 벌써 마나를 느끼기 시작했으니 말이야.]

"빠르네요."

[마나로드를 뚫어 놓았으니, 감각만 잘 익히고 있다면 마나를 느끼는 것은 그다지 어렵지 않네. 문제는 그 다음이지.]

유그아닌의 말에 동현은 고개를 끄덕였다.

확실히 그의 말대로 인위적으로 마나로드를 뚫었다면 느끼는 것은 어렵지 않다.

문제는 자연 상태에 있는 마나를 받아들이는 것이겠지.

"어느 정도 된다면, 우형이 목. 치료 가능할까요?"

동현의 물음에 유그아닌은 말없이 우형을 내려다보았다.

의사의 도움을 받아 목을 치료하고 난 후 우형의 상태는 좋은 편이었다.

하지만 그것은 처음에 비해 좋다는 것뿐.

일반인에 비교한다면 매우 좋지 않았다.

마나를 알기 전의 동현의 상태보다 더욱더 말이다.

일상생활에서 말을 많이 할 수도 없는 상태이니 얼마나 안 좋은 것이겠는가.

과거 그를 치료할 수 없었던 것은 음의 기운으로 인한 상처가 아니었기 때문.

그렇기에 외부에서 들여보내는 마나로는 치료할 수 없었던 것이다.

하지만 우형 본인이 마나를 알게 된다면 이야기는 달라진다.

마나를 본인이 움직일 수 있고, 그것으로 치료를 할 수 있는 단계까지 간다면…….

아마 그는 자신의 목을 치료할 수 있을 것이다.

노래를 부를 수 있을 만큼 말이다.

그 탓에 우형은 마나를 배우기 시작한 것이었다.

옛날처럼 노래를 할 수 있을지도 모른다는 그 작은 가능성 때문에 말이다.

때문에 유그아닌은 우형의 목이 나을 때까지 그에게 마나를 가르치기로 한 것이다.

낫고자 하는 의지가 있었으니까.

"다 나으려면 어느 정도나 걸릴까요?"

[자네가 선천적으로 목이 안 좋았던 것도 낫는데 꽤 오랜 시간이 걸리지 않았었나?]

"한… 1년 반 이상은 걸렸죠."

동현은 지난번 병원에 갔을 때 목이 완전히 좋아졌다는 말을 떠올렸다.

그때가 솔로앨범 작업을 하기 전이었으니, 그 정도는 됐을 것이다.

동현의 말에 유그아닌은 우형의 목이 낫기까지 최소 2년을 잡았다.

그 사이에 꾸준히 마나 운용을 해주어야 그래도 2년이라는 그.

만일 농땡이 피우거나 제대로 하지 않으면 3년 이상이 걸릴 수도 있다고 한다.

그의 말에 동현은 고개를 끄덕였다.

최소 앞으로 2년.

다시 함께 무대에 설 수 있을 날이 빨리 오기를 간절히 바랄 따름이다.

*　　*　　*

이번 정규 2집의 콘셉트는 지금껏 페이머스가 고수해 오던 스타일과는 확연하게 달랐다.

지금껏 페이머스가 보여준 것은 카리스마였다.

데뷔곡에서는 배신.

정규 1집에서는 매력적인 사람.

동현의 솔로에서는 향수.

"정규 2집 되니까 이제 집착인 거예요?"

가사를 받아들은 동현은 작게 웃으며 말했다.

MR이 나온 지는 꽤 되었지만 콘셉트가 무엇인지 자세히는 듣지 못했었다.

그런데 집착이라니.

콘셉트를 짠 사람도 대단하지만 이런 가사를 쓴 종혁도 신기했다.

" '퍼주는 사랑' 보다는 낫잖아."

동현의 반응에 종혁이 답했다.

원래 노래의 콘셉트는 '집착' 이 아닌 나쁜 여자를 만난 한 남자의 사랑 이야기였다.

어째서인지 동현과 우형이 라스베이거스에 가 있는 사이 바뀌었지만 말이다.

멜로디 자체는 크게 손대지 않은 것 같았다.

느낌은 살짝 어두운 느낌에서 조금 밝게 바뀌었다는 점.

하지만 집착이라는 말을 표현해 내기에 부적절한 멜로디는 아니었다.

게다가 가사 얼핏 보면 집착인지 아니면 상대를 사랑하는 것인지 헷갈릴 정도였다.

"가사에서 느낌을 살짝 낮췄기 때문에 뮤직비디오에서 느낌을 강조해야 해."

종혁은 동현이 라스베이거스에 가 있는 사이 바뀐 부분에 대해 설명해 주었다.

이미지 콘셉트부터 시작해 앨범 로고까지.

나름 치밀하게 생각해 놓은 종혁에 혀를 내두를 정도였다.

아무래도 이번에 갑작스레 동현의 인기가 급상승해 많이 부담이 들었던 듯싶다.

아니면 다른 사람이 준비해도 될 만한 것까지 자신이 할 리가 없으니까.

애초에 이전까지 곡과 가사만 주고 자기 일은 끝났다고 손을 놔버렸기 때문에 아는 사실이었다.

우형에게 전해 들은 바로는 들어오는 일이 많아 다른 것까지 하기에 바쁘니까라고 한다.

“그런데 콘셉트를 지금 처음부터 끝까지 다 갈아치우면 다시 해야 하는 게 많을 텐데요.”

“다시 하면 되잖아.”

“그게 말처럼 간단한 게…….”

“뭐가 문제야? MR도 이제야 다 완성했지, 그 탓에 안무도 안 나왔지. 촬영 셋팅만 다시 하면 되잖아.”

뻔뻔할 정도로 아무렇지 않게 말하는 종혁.

그의 말에 동현은 머리를 긁적이며 고개를 끄덕였다.

안종혁이 한 말이 틀린 것 단 하나도 없기 때문이었다.

“다른 곡들도 다 바꾸셨어요?”

“이리저리 살짝만 손댔어. 전체적인 멜로디는 손 안댔으니까 괜찮을 거야.”

종혁의 말에 동현은 고개를 끄덕였다.

“그럼 일단 타이틀 곡 MR만 먼저 주세요. 타이틀 녹음은 곡이 귀에 익으면 할게요.”

동현의 말에 종혁은 고개를 끄덕였다.

사실, 멜로디 같은 것은 두어 번만 들어주면 그새 귀에 익는다.

마치 몇십 번은 반복해서 들은 것처럼 말이다.

하지만 동현은 이 곡을 확실하게 익힌 후 녹음을 하고 싶었다.

그저 ‘잘나가는 작곡가가 만든 곡’이 아닌 ‘작곡가가 노력하고 고심해서 만든 곡' 이었으니까.

"아, 그럼 원래 타이틀곡은 어떻게 되는 거예요?"

본래 곡은 동현이 콘서트를 가기 전부터 80% 이상 완성이 되어 있었다.

애초에 과거 자신이 만들어 두었던 곡을 리메이크하여 다시 작업하던 것이었으니까.

하지만 그대로 버리기에는 아까운 곡이다.

멜로디도 괜찮고 은근한 중독성이 있었다.

게다가 전통적인 음색도 들어 있기 때문에 그대로 시장에 내보내도 좋은 성적을 거둘 만한 곡이었다.

그것뿐만이 아니다.

곡 하나를 만들기에 얼마나 많은 시간과 노력이 소모되는가.

수많은 곡들과 멜로디가 겹치지 않도록 수십, 수백 번을 생각해야만 한다.

이렇게 완성도가 높은 곡을 함부로 내치기에는 아깝기 그지없었다.

"버리기는 아깝지."

종혁은 턱을 쓰다듬었다.

그러고는 이내 방도를 떠올렸다는 듯 손바닥을 맞부딪히며 말했다.

"트랙에 추가하면 되겠네."

“지금 트랙만 12개가 넘어가는데요?”

“정규잖아. 13개 된다고 해서 누가 뭐라고 안 해.”

“저야 상관은 없지만, 이런 문제는 실장님이랑 상의해야 하는 거 아니에요?”

동현의 말에 종혁은 자신이 알아서 얘기해 두겠다며 임의로 트랙에 추가시켰다.

“그럼 오늘은 1, 2번 트랙 녹음 시작하고. 재킷 설정은 이미 다 너희 실장한테 얘기해 뒀으니 그렇게 알아.”

동현은 고개를 끄덕였다.

그렇게 정규 앨범의 녹음이 시작되었다.

녹음이 시작된 이후 스케줄은 여느 때와 다름없었다.

앨범에 수록될 재킷 사진을 찍고, 나온 MR로 다음 스케줄까지 안무를 익힌다.

그리고 시간에 맞춰 다음 트랙을 녹음한다.

그러다가 가끔씩 방송 스케줄이 들어오면 그것을 소화한다.

동현은 지난 2주년 이벤트 이후 조금씩이나마 예능에 출연하기 시작했다.

아직 사람들 앞에서 웃기거나 얘기를 하는 것은 동현으로써는 번거로웠다.

하지만 2주년 이벤트 때처럼 여자아이들 몇 명을 앉혀놓고 이야기하는 것보다는 나았다.

비록 예능을 모른다는 소리를 몇 번 듣기는 하지만.

"동현아, 오늘 야외 촬영."

"재킷이요?"

"응, 마지막이야."

무혁의 말에 동현은 고개를 끄덕이며 스타일리스트가 갖고 온 옷을 받아들었다.

"샤워부터 좀 하고 와. 땀 봐라……."

"아 맞다."

지금껏 쉬지 않고 몇 시간씩이나 연습을 하고 있었기에 현재 동현은 땀범벅이었다.

이제 4월을 넘어가고 있었지만, 날씨는 꽤나 더운 상태였다.

게다가 불순물을 빼내는 작업까지 함께하며 연습을 했기에, 땀이 비 오듯 쏟아지고 있는 것이었다.

재킷 촬영은 여의도 광장에서 주위에서 이루어진다.

사람이 많이 몰려들겠지만 경호원들이나 사람들이 막을 테니 별 걱정은 없을 것이다.

"오늘 날씨 좋네."

모든 준비를 끝마치고 촬영지로 향하자 역시나 사람들이 몰려 있었다.

공식 홈페이지에 스케줄에 관한 것이 뜨니 그것을 미리 살펴본 팬들이 몰린 것이다.

주위에 있던 사람은 촬영한다는 말을 듣고 쫓아온 것이겠고 말이다.

경호원들은 사람들이 다가오지 못하게 막았지만 돌려보내지는 않았다.

촬영을 구경하는 것이 오히려 앨범 판매수를 올릴 가능성도 있기 때문이다.

쉽게 말해서 광고 효과.

"그럼 시작하겠습니다!"

스태프들이 분주하게 움직이고 번쩍이는 플래시들이 터졌다.

한참 환호성을 들어가며 촬영에 임하고 있을 때 이질적인 기운이 일렁였다.

"음?"

'그날' 이후 이렇게 심한 기운은 느껴보지 못했다.

그의 정상적인 생활을 위해 그 기운을 모두 다 빼앗지는 않았지만 이렇게 많이 남기지는 않았다.

그의 감각에 일반 사람보다 더욱 강력하게 느껴지는 음의 기운이 느껴졌다.

동현은 미간을 찌푸리며 주위를 둘러보았다.

많은 인파가 몰려 제대로 보이지는 않았지만 이 기운은 확실히 그였다.

“민찬호…….”

[확실히 그의 기운이 맞는 것 같긴 하네. 어쩔 겐가?]

“쳐다보고 있는 것 같은데요.”

사람에 가려 그의 얼굴이 보이지는 않지만 그의 기운이 이 곳을 향하는 것이 느껴졌다.

“왜 그래?”

동현이 혼자서 중얼거리고 있자 스타일리스트가 와 그의 머리를 만져주며 물었다.

동현은 고개를 내저으며 말했다.

“아니, 그냥 누가 쳐다보는 것 같은 기분이 들어서요.”

“여기 사람이 얼마나 많은데. 다 너만 보고 있을걸?”

스타일리스트의 말에 동현은 작게 웃으며 음의 기운이 일렁이는 곳을 바라보았다.

그곳에 계속해서 있는 것을 보면 아무래도 동현에게 용무가 있는 것 같았다.

'가보는 편이 나을까요?

[피해를 줄 것 같지는 않네. 살기는 느껴지지 않아.]

“자, 동현아, 다시 가자!”

스텝의 말에 동현은 고개를 끄덕이며 다시금 촬영에 임했다.

풀풀 풍겨오는 음의 기운이 불쾌하기 그지없었지만 별다른 행동은 하지 않으니, 그다지 상관은 없었다.

얼마나 시간이 흘렀을까.

촬영이 거의 막바지로 흘러가고 있음에도 불구하고 민찬호는 자리를 떠나지 않았다.

"컷. 좋아, 해 지고 있으니 오늘 촬영은 여기까지만 할게요."

감독의 말에 스태프들은 장비를 정비하며 기구들을 물리기 시작했다.

"형."

"어, 왜."

"오늘 스케줄 더 이상 없죠?"

동현의 물음에 무혁은 스케줄을 적어둔 수첩을 들여다보았다.

"어, 없어."

"그럼 저 이 시간 이후로 자유 시간 가질게요."

"좋을 대로."

무혁의 답에 동현은 주위 사람들에게 인사를 건네고 팬서비스 후 자리를 벗어났다.

주위를 배회하던 동현은 움직일까 말까 주춤거리는 민찬호에게 단숨에 다가갔다.

그리고 그의 모습에 허탈함을 감추지 못했다.

"무슨……."

몇 달 전 본 그 모습과는 판이하게 다른 모습.

며칠을 씻지 못한 것인지 얼굴은 꾀죄죄했고 옷마저도 허름했다.

게다가 풍기는 음의 기운은 민찬호가 흡수하여 머금은 음의 기운이 아니었다.

그의 몸 자체에서 풍겨 나오는 기운.

어디가 아픈 것인지 그의 몸 자체가 음의 기운을 쏟아내고 있었다.

"유동현……."

민찬호는 한없이 갈라지는 목소리로 그의 이름을 불렀다.

동현은 자세를 낮추어 그와 시선을 맞췄다.

몇 번이고 부딪힌 그였지만 전과는 다르게 무척이나 수척해진 모습.

적이었지만, 그 모습이 안쓰러웠다.

"무슨 일이 있었던 거지?"

꼬르륵—

자초지종을 들어보려는 순간 그의 뱃속에서 커다란 소리가 들려왔다.

"그 전에… 밥 좀……."

동현은 머리를 짚고 길게 한숨을 내쉬었다.

"일단 그 모습부터 어떻게 하는 게 나을 것 같은데. 깨끗하게 하든지, 아니면 가리든지."

동현의 말에 민찬호는 몸을 부들부들 떨며 고개를 내저었다.

그의 행동에 동현은 고개를 갸웃거렸다.

유그아닌은 이상하게 행동하는 민찬호의 몸을 짚어보고 말했다.

[이 녀석. 마법을 쓸 수 있는 상태가 아닌 것 같구먼.]

"왜요?"

[글쎄. 그건 녀석이 알겠지. 이자도 몸이 좋은 것 같지 않으니 어서 가세.]

유그아닌의 말에 동현은 고개를 끄덕였다.

몸도 안 좋은 사람을 들고 날을 수도 없으니, 텔레포트를 하는 것이 훨씬 낫겠지.

동현은 민찬호의 어깨를 잡고 텔레포트의 주문을 외웠다.

지금쯤이면 우형도 녹음실에 가 있을 시간.

단둘이 있는 공간에 외부인을 끌어 들이는 것은 달갑지 않지만, 지금은 어쩔 수 없었다.

이런 몰골을 한 사람을 데리고 어디를 가기도 뭣하기 때문이었다.

"텔레포트."

잠시간 시야가 흔들리고 보인 것은 익숙한 동현의 방이었다.

동현은 머리를 흔들어 시야를 확보하고 어지럼증에 머리를 부여잡은 민찬호를 바라보았다.

예전에는 마법을 쓰면서 이리저리 날아다니던 사람이 고작 텔레포트로 이러다니.

동현은 한숨을 내쉬며 냉장고에서 먹을 만한 것을 꺼내 그에게 주었다.

"먹을 게 이런 것 말고는 없네."

두어 개의 빵을 내밀자 민찬호는 그것을 게걸스럽게 먹어치웠다.

동현은 그 모습을 보며 안쓰럽다는 듯 미간을 찌푸렸다.

그러다가 이내 다시금 냉장고를 뒤져 먹을 수 있는 것의 대부분을 그의 앞에 가져다 놓았다.

우형이 돌아오면 배고프다고 칭얼거리겠지만, 상관없겠지.

민찬호는 장장 30분가량 쉬지 않고 음식을 흡입하듯 먹고서야 놀리던 손을 멈췄다.

이제 좀 살겠다는 듯 제 배를 두어 번 두드린 그는 자신의 앞에 선 동현을 바라보았다.

그는 느닷없었던 자신의 행동에 무슨 말을 해야 할지 모르겠다는 듯 우물쭈물거렸다.

그의 행동에 동현은 한숨을 푹 내쉬며 의자를 끌어와 앉았다.

"그날 이후 무슨 일이 있었던 거지?"

동현은 찬찬히 민찬호를 뜯어보며 물었다.

밖에서 느낀 것이 착각은 아니었는지 그의 몸 상태는 좋다고 말할 수 없는 상태였다.

동현의 물음에 민찬호는 한숨을 푹 내쉬며 말했다.

"음의 기운을… 다스릴 수 없게 되어 버렸다."

그는 착잡한 얼굴로 말했다.

민찬호의 말에 동현은 무슨 소리냐는 듯 슬쩍 미간을 찌푸렸다.

얼마 전까지만 해도 자유자제로 음의 기운을 다루던 그 아니던가.

그러던 그가 갑자기 음의 기운을 다룰 수 없다니?

동현이 아무런 반응 없이 민찬호를 내려다보자 그는 다시금 말을 이었다.

"이 힘이 나를 좀먹어 가고 있어… 이대로라면 죽을지도 몰라, 아니 죽을 거야! 살려줘, 제발…….."

민찬호는 시커멓게 물든 손으로 동현의 바짓가랑이를 잡고 말했다.

그의 행동에 동현은 민찬호를 진정시키고 유그아닌에게 물었따.

"왜 이런 거예요?"

[글쎄……. 갑자기 음의 기운을 다스리지 못하게 되었다니. 언제부터 그랬는지 기억하는가?]

유그아닌이 물었다.

과거에는 서로 죽여야 하는 혈투를 벌였던 상대.

하지만 민찬호는 헤일드와의 계약으로 그 일을 이행했을 터.

지금은 싸움의 원흉도 없고 민찬호도 적의를 갖고 있지 않으니 도와주려 하는 것이었다.

하지만 그런 유그아닌의 마음을 모르는 것인가.

민찬호는 유그아닌이 물어봄에도 불구하고 아무런 대답도 하지 않았다.

오히려 멀뚱히 동현의 대답만을 기다리고 있을 따름이었다.

동현의 말 한마디에는 반응하면서 유그아닌의 말에는 반응하지 않는다?

이상한 낌새를 느낀 동현은 유그아닌과 민찬호를 번갈아 보았다.

"설마……."

[내가 보이지 않는 것 같구먼.]

유그아닌은 쭈그려 앉아 있는 민찬호의 눈앞에 손을 흔들어 보았다.

하지만 그는 아무런 반응도 하지 않았다.

동현은 헛바람을 내뱉었다.

헤일드와 계약이 끊어지고 나서도 그는 유그아닌을 볼 수 있었다.

그런데 이제 와서 이러한 이상 현상을 보이다니, 동현으로
서는 이해가 가지 않았다.

"안 보이는 건가, 유그아닌이?"

동현의 물음에 민찬호는 주위를 둘러보다가 이내 고개를
끄덕였다.

그의 답에 동현은 머리를 흐트러뜨렸다.

잘 정리된 머리가 엉망이 되었지만 동현은 괘념치 않았다.

[일단 무슨 일이 있었는지부터 차근차근 설명해 보라고 하
시게.]

유그아닌의 말에 동현은 그의 말을 민찬호에게 전했다.

민찬호는 이야기 해 주겠다는 듯 고개를 끄덕였다.

몇 번이고 입을 달싹이던 그는 낮은 목소리로 이야기를 풀
어나갔다.

헤일드와 유그아닌의 대전이 있었던 날.

동현과 유그아닌은 민찬호의 힘을 없애지 않고 풀어주었
다.

그날 집으로 돌아온 민찬호는 헤일드를 잃은 슬픔에 하루
종일 울었다고 한다.

사이가 좋은 것도 아니고, 매일같이 싸움만 했던 그였다.

하지만 눈앞에 보이지 않고 계약이 끊겨 버리니 중요한 것
하나를 잃은 느낌이었다고 한다.

“소울메이트⋯⋯.”

동현은 두 사람의 계약이 끊긴 즉시 유그아닌이 했던 말을 떠올렸다.

계약자를 잃는 것은 영혼의 일부를 잃는 느낌과 흡사하다고 말이다.

그의 말을 들은 민찬호는 한숨을 푹 내쉬며 말을 이어갔다.

“그렇게 며칠을 사람답지 않게 지냈었지.”

생기는 돈으로는 술을 먹고, 일은 손에 잡히지 않았더란다.

하지만 그것도 잠시.

이렇게 살아서는 좋을 것 하나 없다고 생각한 민찬호는 다시금 사회에 뛰어들려 했다고 한다.

그와 헤일드의 계약 조건은 별다를 것 없다고 한다.

헤일드는 유그아닌과 그 계약자의 죽음을.

민찬호는 망가져 버린 생활의 회복을.

민찬호는 함께 수련을 하면서 헤일드를 통해 벌었던 돈을 떠올렸다.

그리고 그것으로 다시금 사업을 시작했다는것도 떠올렸다.

“지난날의 슬픔으로 나는 일주일 이상 회사에 나가지 않았었지.”

어차피 그 회사의 본 주인은 자신이기에 출근은 상관이 없었더란다.

그렇게 민찬호는 일과 휴식을 반복하며 살았다고 한다.

음의 기운을 원천으로 생활하고 있었기 때문에 그 기운을 흡수하여 사용하면서 말이다.

하지만 문제는 그 다음이었다.

제대로 정신을 차리고 사업을 이어나가려던 민찬호는 갑작스레 몸에 이상 현상이 일어났다고 한다.

"헤일드는 나에게 그랬었지. 음의 기운을 다스릴 수 있는 이상 병에 걸리지 않는다고 말이야."

그 말을 믿고 민찬호는 몸이 평소보다 몇십 배는 피로해져도 그냥 넘어갔다고 한다.

지난날 흡수해 왔던 음의 기운보다 현재 흡수하고 있는 음의 기운이 적어서 그런 것이라 생각하고 말이다.

하지만 그런 나날이 반복될수록 민찬호는 더욱 피폐해 져 갔다.

적당히 올라 있던 살이 흉할 정도로 빠져 버리기 시작했다.

일 처리도 제대로 되지 않아 계산 미스를 내는 것은 기본.

계약을 따내야 하는 자리에서도 실수를 해 물 건너 간 것이 한둘이 아니라고 한다.

처음 한두 번 정도는 주위 사람들도 민찬호가 피곤해서 그런 것이라고 생각했다고 한다.

민찬호는 모든 일을 일사천리로 끝냈었다.

게다가 완벽하기까지 했다.

그런 그가 갑자기 능률이 떨어지니 피곤하다고밖에 생각이 안 된 것이다.

하지만 그것도 끊임없이 반복하면 이상하게 보는 법.

사내 사람들은 민찬호가 실수를 그칠 생각을 안 하자 하나둘씩 사표를 써 던지기 시작했다.

믿음직하지 못한 상관 밑에서 일하기 싫다며 말이다.

중소기업이던 민찬호의 회사는 빠져나가는 사원들의 일을 감당할 사람이 없었다.

결국 그 일을 민찬호가 감당하게 되었고 그것은 실수로 이어졌다고 한다.

"그러다가 또… 사기를 당했지."

모자란 자금을 비려주는 대신 회사의 운영권을 내어 주겠다는 계약.

사기라고 하기보다는 민찬호의 미스였다.

계약서를 찬찬히 읽는다고 읽었는데, 몸이 아프다 보니 그것을 제대로 인지하지 못한 것이다.

결국 민찬호는 얼마 되지 않아 길거리에 나앉게 되어 버렸다.

설상가상으로 몸은 더욱 악화되어만 갔다.

"그래서 혹여 음의 기운이 부족한 게 아닌가 싶어서 음의 기운을 잔뜩 흡수했었어."

하지만 그건 좋은 선택이 아니었다.

　민찬호의 몸이 아팠던 것은 사람의 몸이 감당할 수 있는 음의 기운의 한도를 넘었기 때문.

　그런데 그 상태에서 음의 기운을 더 흡수했으니, 그의 몸이 감당하지 못했다.

　"음의 기운을 흡수한 직후, 갑작스레 체내에 있는 모든 기운이 반발했네."

　때문에 속을 게워내고 몇십 번씩이나 피를 토했다고 한다.

　그리고 그날 이후로 음의 기운은 민찬호의 말을 들을 생각을 하지 않았다고 한다.

　조금이라도 움직여 보려 감각을 곤두세우면 음의 기운이 날카롭게 변한다.

　그렇게 민찬호의 목숨을 위협하며 자신들을 다루지 못하게 만든다고 했다.

　과거, 기운을 다스리던 모습과는 달리 지금은 완전히 자신이 다스려짐을 당하고 있었다.

　그의 말에 동현은 유그아닌을 바라보았다.

　힘겹게 말을 이어가던 그의 말을 들은 유그아닌은 긴 수염을 쓸어내리며 말했다.

　[어찌된 영문인지 짐작이 가네.]

　"아는 건가요?"

　동현의 되물음에 민찬호가 그를 바라보았다.

　그는 다시금 동현의 바짓가랑이를 잡고 늘어지며 애원하

듯 말했다.

"제발 나 좀 살려줘, 아직 죽고 싶지 않아. 죽고 싶지 않다고!"

동현은 잔뜩 흥분한 민찬호를 진정시켰다.

마음 같아선 마나를 불어넣어 마음에 평안을 주고 싶었지만, 그에게는 안 될 일.

음의 기운이 날카롭게 견제하고 있는 지금 마나가 들어가면 즉사할지도 몰랐다.

"왜 이런 거예요, 갑자기?"

[헤일드가 없어서 그런 것 같네.]

"헤일드가요?"

[아마 헤일드는 음의 기운이 이자를 다스리는 것을 억제하고 있었을 것이네.]

그의 말에 의하면 민찬호는 자신은 물론하고 헤일드와 계약을 할 수 있는 영혼이 아니라고 한다.

[지금 음의 기운에 물들어서 그리 느껴지는 것일지도 모르겠지만, 내가 보았을 땐 적합하지 않네.]

마나든, 음의 기운이든 영체와 계약하는 것은 커다란 피해를 준다.

동현이야 유그아닌과 상성이 잘 맞아 괜찮았지만, 민찬호는 그것이 아니라고 한다.

[아마 헤일드는 이자와 계약했을 때 소멸하기 직전이었을

것일세. 그러니 자신과 눈곱만큼 상성이 맞는 이자와 계약을 한 것이겠지.]

아니면 그때 당시 증오에 의해 음의 기운을 풀풀 풍기고 있었다거나.

말을 이은 유그아닌은 마나를 활성화시켜 자신의 모습을 드러냈다.

민찬호는 갑작스레 나타는 유그아닌의 모습에 놀란 듯싶었으나 이내 평정심을 되찾았다.

"살 수 있는 가능성은 있네."

유그아닌의 말에 민찬호는 물론 동현마저도 눈을 크게 떴다.

이렇게 엉망진창이 된 육체로 살 수 있다니?

믿을 수 없는 말이었기 때문이다.

"방법이, 방법이 있는 겁니까?"

"무슨 일이든 방법은 있네. 하지만 지금의 상태라면 자네의 몸이 버티지 못하겠지."

"살려주세요, 이렇게 무릎 꿇고 빌겠습니다. 저는 아직 죽고 싶지 않아요!"

민찬호는 처절해 보일 정도로 빌고 빌었다.

그의 행동에 유그아닌은 착잡한 표정을 지으며 그를 일으켜 세웠다.

"물어볼 것이 있네. 자네, 헤일드에게 배운 '아포칼립스'

를 몇 번이나 사용했나?"

유그아닌의 물음에 민찬호는 손가락으로 숫자를 세고는 말했다.

"완벽히 연습해서 한 것은 여섯 번 정도이고, 연습은 몇십 번 했습니다."

그의 말에 유그아닌은 경악했다.

아포칼립스 여섯 번에 연습만 몇십 번이라니.

"자네, 그 마법이 얼마나 위험한 것인 줄은 알고 쓴 건가?"

그가 물은 것은 아포칼립스를 사용함으로 인해 자연이 얼마나 파괴되느냐에 관해 물은 것이 아니다.

그 마법을 시전하는 사람의 몸이 얼마나 많은 피해를 입는지에 대해 말한 것이다.

그런 유그아닌의 물음의 요지를 아는 것인지 모르는 것인지 민찬호는 고개를 내저었다.

"아포칼립스는 말 그대로 파멸이네. 시전자도, 그 마법을 맞은 것도 파멸을 한다는 말일세."

유그아닌의 말에 동현은 축축 늘어지듯 음의 기운에 둘러싸인 자연물들을 떠올렸다.

두 번 다시는 보고 싶지 않았던 것들.

"시전자도… 라고요?"

유그아닌의 말에 민찬호는 처음 알게 된 사실이라는 듯 미간을 찌푸렸다.

동현 역시 아포칼립스가 시전자에게 피해를 준다는 것을 처음 알았다.

하지만 깊게 생각해 보면 알 수도 있었을 만한 이야기다.

거대한 음의 기운을 한꺼번에 방출해 주위의 생물을 죽이는 마법.

게다가 자연의 마나까지 비틀어 버릴 정도니 얼마나 강렬한 것이겠는가.

그런 마법을 쓴다면 당연히 시전자도 피해를 입긴 입을 터.

대자연의 마나까지 건드릴 정도인데, 사람의 몸 하나 못 건드리겠는가.

"그것이 문제일세. 지금도 그 잔여물이 자네의 몸에 남아 자네를 괴롭히는 것이야."

"그럼… 헤일드는 그걸 알고 저에게 그 마법을 가르친 건가요?"

민찬호는 흔들리는 눈으로 물었다.

유그아닌은 고개를 내저으며 그의 물음을 부정했다.

"만일 그랬다면, 헤일드 본인에게도 피해가 올 테니, 그러지는 않았을 것일세."

"그럼 도대체 왜 그러는 겁니까!"

빙빙 돌려 말하는 유그아닌이 답답하다는 듯, 민찬호가 소리쳤다.

그의 언성이 높아지자 유그아닌은 수염을 쓸어내리며 말

했다.

“성질도 급하긴……”

유그아닌은 천천히 그가 알고자 하는 내용에 대해 설명해 주었다.

아포칼랍스 마법을 가르친 것은 헤일드.

그러니 그 마법의 장점이나 단점 역시 헤일드가 가장 잘 알고 있을 것이었다.

‘단점’이라 함은 시전자에게도 피해가 간다는 것.

유그아닌이 알기로 아포칼립스 마법은 한두 번만 시전해도 골로 갈 수 있다고 알고 있었다.

그런 마법을 여섯 번 넘게 쓰고도 살아 있으니, 헤일드가 손 쓴 것이라고 생각할 수밖에 없다.

그런데 지금 와서 아포칼립스에 영향을 받는 이유?

별다를 거 없다.

현재 민찬호는 그 누구와도 계약이 되어 있지 않다.

아포칼립스 마법의 영향에서 큰 피해를 받지 않도록 도와주던 헤일드가 없다는 것이었다.

유그아닌은 혀를 끌끌 찼다.

애초부터 아포칼립스를 사용하지 않았더라면 이러한 피해는 없었을 터.

아마 민찬호는 ‘강한 마법’이라고 하는 헤일드의 말에 홀라당 넘어간 것일 것이다.

유그아닌을 향한 헤일드의 강한 악감정이 그에게도 영향을 미쳤을 테니까.

"…그럼 헤일드가 제 목숨을 부지하도록 해주고 있었던 겁니까?"

"어찌 보면 그렇지만 애초부터 아포칼립스를 가르치지 않았더면 이런 일도 없었겠지."

"그래서 이 사람을 어떻게 해야 하는 건데요?"

"별수있는가? 병의 원인은 음의 기운이고 이대로 두면 죽을 수 있으니 그것을 몰아내야지."

유그아닌의 말에 민찬호의 눈이 커지며 안색이 굳었다.

헤일드를 만난 이후 항상 갖고 있고, 다스리던 힘이기 때문이 아니다.

음의 기운을 몰아내면 자신의 목숨이 어떻게 될지 모르기 때문이었다.

동현이나 유그아닌은 마나로 생명을 이어나간다.

하지만 민찬호는 두 사람과는 다르게 음의 기운으로 목숨을 부지하고 있는 것이었다.

그런데 그런 힘을 몰아낸다면?

당연히 자신은 힘 한번 제대로 못 쓰고 죽을 것이 분명했다.

민찬호는 어이없다는 표정을 지었다.

그의 행동에 동현역시 유그아닌의 말에 의문을 가졌는지

고개를 갸웃거리며 물었다.

"흑마법사인데 음의 기운을 몰아내면 더 위험하지 않아요?"

"위험하지. 음의 기운을 몰아내고 그 즉시 다른 기운을 넣어주지 않으면 목숨 부지는 힘들 걸세."

"그럼, 음의 기운을 몰아내고 마나를 넣으시려고요?"

동현의 물음에 유그아닌은 고개를 끄덕였다.

"근데, 이 몸으로 그게 가능할까요?"

"그래서 몸이 버티지 못할 것이라고 한 걸세. 당장은 그 일을 시작할 수 없어."

"그럼 어쩌실 거예요?"

동현의 물음에 수염을 쓸어내리던 유그아닌은 씨익 웃었다.

"별수있나? 조금씩이라도 쫓아내야지."

민찬호는 음의 기운에 익숙해진 사람이다.

그런 몸에서 음의 기운을 빼내고 일반 사람처럼 마나를 넣으면 분명 좋지 않은 결과가 나올 터.

유그아닌은 그런 민찬호의 육체가 조금씩이나마 마나에 익숙해져야 한다고 했다.

그리고 음의 기운이 마나에게 반발하는 힘이 옅어졌을 때.

그때 모든 기운을 몰아내고, 마나를 넣어 준다고 한다.

마나에 익숙해지는 것?

전혀 어려운 일이 아니다.

다른 사람보다 많은 양의 마나를 뿜어내는 동현이나 유그아닌의 곁에 있으면 되는 일이다.

문제가 한 가지 있다면 그럴 때까지 민찬호는 두 사람의 곁에 붙어 있어야 한다는 것.

"…우형이한테 뭐라고 설명하죠?"

동현이 머리칼을 흐트러뜨리며 중얼거렸다.

"별수있나?"

"우형이, 음의 기운을 느낄 수 있을 정도, 됐어요?"

"됐지. 누가 가르쳤는데."

유그아닌의 말에 동현은 한숨을 푹 내쉬었다.

아무래도 민찬호에 관해 설명 하면서 헤일드와의 접전도 설명해야 될 것 같다.

"미치겠군."

그런 동현의 말에 민찬호는 당분간 잘 부탁한다며 이를 드러내고 웃었다.

"나왔… 윽! 이거 뭐야?"

일을 마치고 숙소로 돌아온 우형은 반사적으로 팔을 이용해 코와 입을 틀어막았다.

집안에 가득한 검은 먹구름과 같은 것들.

우형은 검은 기운들을 피해 소파에 앉아 있는 동현에게 뛰듯이 다가갔다.

"왔어?"

"이것들은 도대체 뭐야? 뭐 이렇게 불쾌한……."

"아… 역시 보이냐."

"무슨 소리야?"

슬쩍 미간을 찌푸리며 묻는 우형.

동현은 그런 우형에게 자리에 앉으라며 스케치북과 펜을 건네주었다.

유그아닌에게 마나를 배우고부터 말을 하는 횟수가 많아졌지만, 무리해서 좋을 것 없으니까.

"내가 너한테 말 안 한 게 있는데……."

"말 안 한 것?"

스케치북을 줬음에도 불구하고 제 목으로 말하는 우형.

그의 행동에 동현이 미간을 찌푸리며 스케치북을 가리켰다.

그러자 우형은 입술을 비죽이며 스케치북을 집어 들었다.

"나와 봐."

동현의 말에 굳게 닫혀 있는 그의 방문이 열렸다.

그와 동시에 우형의 미간이 찌푸려졌다.

숙소에 들어왔을 때와는 비교도 되지 않을 정도의 음습한 기운이 풍겨 나왔기 때문이다.

―뭐야, 이 이상한 느낌은?

우형의 물음에 동현은 자신의 방을 손가락으로 가리켰다.

그곳을 주시하던 우형은 방안에서 나오는 한 인형에 입을 뻐끔거렸다.

방안에서 나온 사람의 몰골이 흉해서가 아니다.

그의 몸에서 풍겨져 나오는 기운이 절로 인상을 찌푸리게 만들 정도였기 때문이다.

마치 자신의 기운과 반발하는 기분.

그 느낌에 우형은 살짝 몸을 뒤로 뺐다.

"그 이상은 오지 마. 그 기운을 못 버티는 사람도 있어."

동현의 말에 민찬호는 나오다 말고 그 자리에 섰다.

―…누구?

"파란만장한 데뷔 초 시절을 보내게 해준 장본인이라고 하면 되려나."

동현의 말에 민찬호는 어색하게 웃으며 우형에게 인사를 건넸다.

옛날보다 유해진 성격이 조금은 보기 좋았다.

민찬호의 인사에 답해준 동현은 어째서 이 사람이 여기 있냐는 듯한 시선으로 그를 바라보았다.

"사정이 좀 있어서."

―무슨 사정?

"음… 이 사람 이대로 두면 죽거든."

동현의 말에 우형은 눈을 커다랗게 떴다.

그리고 도대체 무슨 일이냐며 자세한 설명을 원했다.

결국 동현은 처음 민찬호를 만난 것부터 지금까지 있던 일까지.

몇몇 말은 빼먹기는 했지만 대충 그와 있었던 이야기를 해 주었다.

동현의 말을 들은 우형은 어리둥절한 표정으로 말했다.

─그럼 저 사람, 적 아니야?

"적이었지. 하지만 지금은 아니야. 서로 싸울 이유도 없으니까. 저 사람도 그리 생각하고 있는 것 같고 말이야."

동현의 말에 우형은 안심됐다는 듯 고개를 끄덕였다.

민찬호는 자신의 기운이 우형에게 피해가 될까 봐 얘기를 나누던 도중 동현의 방안으로 들어가 버렸다.

─그래서 당분간 같이 살아야 한다 그거야?

"그렇지."

─나야 숙소에 잠만 자러 들어오니 상관은 없지만……. 그 기운을 감당할 수 있겠어?

우형은 그를 아주 잠깐 마주한 것만으로 온몸이 떨렸다고 한다.

"나는 걱정할 필요 없어. 일단 집 안에 마나를 많이 뿌려 둘 테니까 너한테도 큰 피해는 안 갈 거야."

─네가 괜찮다면 다행이지만……. 무혁 형은 둘째 치고 실장님한테는 어떻게 말하게?

“아…….”

생각해 보니 KD는 외부인에 대해 조금 칼 같은 면이 있다.

민찬호는 동현의 가족도 아니다.

가족이라면 KD 측에서 편의를 봐주겠지만, 혈육이 아니니 문제가 있었다.

동현은 턱을 쓰다듬었다.

어떻게 해야 할까.

[그냥 먼 친척이라고 하면 안 되나?]

지금껏 아무런 말없이 대화를 듣고만 있던 유그아닌이 말했다.

“먼 친척이라고 하라고요?”

[별다른 방법 있나?]

—하긴, 아무리 회사 측이라고 하더라도 친척의 사정까지는 모르니까 나쁘진 않은 것 같은데?

유그아닌과 우형의 말에 동현은 고개를 끄덕였다.

확실히 별다른 방법은 없으니까.

—아, 근데 왜 여기 있다고 말하지?

“외가 쪽 친척인데 직장 잃고 부인 바가지에 못 견뎌서 나온 거라고 하지 뭐.”

조금은 철저해 보이는 그의 말에 우형은 작게 웃었다.

“만일 안 된다고 하면… 그땐 뭐, 별수없지.”

Chapter 08
정규

　다행히 동현이 우려하는 일은 일어나지 않았다.

　마법에 대해 아는 무혁은 민찬호를 경계 어린 시선으로 바라보았다.

　지난날 동현이 많이 다친 것의 원흉이 민찬호라는 것을 알았기 때문이었다.

　그래도 지금은 동현을 이길 힘조차 없다는 것을 들어서 알았기 때문일까.

　그는 민찬호를 탐탁지 않게 바라보았다

　하지만 당분간 같이 사는 것에 대해 반대를 하지는 않았다.

　무혁이 찬성을 하니, 연성하를 설득하는 것은 어렵지 않았다.

처음에는 외부인이 함께 사는 것이 미간을 찌푸렸으나, 외가 사람이라 하니 흔쾌히 허락을 해주었다.

아무래도 동현은 가족 문제로는 손 한번 내밀지 않았었기 때문이리라.

그날 이후 청명한 기운만 가득하던 페이머스의 숙소에 조금 음산함이 들어찼다.

특히 동현의 방에 말이다.

동현과 유그아닌이 적당히 자신의 기운을 풀어놔 마나를 흩뿌렸기에 이 정도로 끝나는 것.

만일 이것조차 해놓지 않았다면 숙소 내에 사는 사람은 병에 걸렸을지도 모르는 일이었다.

그 정도로 강력한 음의 기운이었으니까.

"연예인이라는 게 꽤나 바쁜 생활을 하고 있는 거였군."

서서히 음의 기운이 조금씩 잦아들고 있을 때.

거실에 나와 시간을 보내고 있던 민찬호가 말했다.

민찬호가 함께 살게 된 이후, 동현의 스케줄 역시 많아졌다.

가급적이면 숙소로 돌아와 휴식을 취하지만 못 들어오는 날이 많았다.

때문에 동현이 숙소에 없을 땐, 유그아닌이 이곳에 남아 마나를 흩뿌려 놓고는 했다.

"컴백하면 앞으로 더 바빠질 거야. 못 들어오는 일도 많을 거고."

동현의 말에 민찬호는 고개를 끄덕였다.

집에 있는 시간, 그가 하는 일이라고는 책을 읽거나 컴퓨터를 만지작거리는 일뿐이다.

그동안 일만 하다가 찾아본 시사나 연예계 소식들.

민찬호는 궁금증에 페이머스에 관련된 기사를 찾았다가 놀라는 수밖에 없었다.

인기가 많은 것은 알고 있었지만 이 정도였을 줄이야.

아직 뮤직비디오도 아니, 티저 영상도 공개되지 않았는데 이미 이들에게 이목이 집중되어 있었다.

게다가 이번에는 잠적했던 우형이 앨범 작업에 참여해 곡을 썼다는 것이 퍼져 더욱 관심을 샀다.

"그건 그렇고, 몸은 좀 어때?"

민찬호가 동현의 집에 생활을 한지 어연 일주일이 넘어가고 있다.

민찬호는 숨 막힐 정도로 많은 양의 마나에 조금씩 익숙해져 가기 시작했다.

가끔 힘든 듯 식은땀을 쏟아내긴 했지만, 얼굴은 처음보다 매우 좋아보였다.

"더 이상 마나에 반발하지는 않는 것 같더군. 희미하지만 유그아닌의 형체도 보이기 시작하고."

민찬호의 말에 동현은 고개를 끄덕였다.

유그아닌의 예상대로 민찬호가 가질 수 있는 음의 기운의 양을 한참 초과했기에 일어난 일이었다.

민찬호는 일주일 동안 헬파이어를 수십 번 쓸 수 있는 마나를 온몸으로 받아냈다.

처음에 그는 피를 토하고 온몸을 경련했다.

하지만 차츰 시간이 지날수록 마나에게 진 음의 기운은 공중으로 흩어졌다.

여전히 마법은 구사할 수 없지만, 회복에 진전은 있다고 한다.

[하나 지금 상태로 계속 나간다면 늦네.]

"늦다뇨?"

[적어도 자네랑 내 마나가 동시에 압박을 해줘야 할 게야. 민찬호도 낮은 레벨의 마법사는 아니었으니 말일세.]

결론적으로는 유그아닌 혼자서 할 수 없는 일이라는 것이다.

하지만 동현까지 합세해서 그를 도우려면 스케줄을 많이 빼야만 한다.

안 그래도 민찬호의 몸을 봐주느라 라디오나 간단한 것은 하지 않고 있는 중.

이 상태에서 더 스케줄을 빼달라는 것도 눈치가 보인다.

"쭉 같이 다닐 수는 없는 일이잖아요."

[안 될 게 뭐 있나? 그 자네 매니저라는 사람처럼 딱 붙어서
다니면 되지 않나?]

"저 몸으로요?"

동현은 민찬호를 가리키며 물었다.

처음보다는 나아진 상태이지만 딱 봐도 어딘가 아파 보이
는 상태.

누군가를 하루 종일 쫓아다니기엔 힘들게만 보였다.

[오히려 여기서 혼자 있는 것보다 자네를 따라다니며 기운
을 받는 게 더 좋아질 걸세. 알지 않은가? 저건 쉬어서 나을
몸이 아니네.]

유그아닌의 말에 동현은 민찬호를 바라보았다.

"그럼 어떻게 해요? 관계자 외에는 출입 못하는 거, 보셔서
알잖아요."

[모습을 감추면 되지 않은가.]

"마법으로요? 그러면 마나가 전신을 휘감을 텐데……."

동현은 민찬호의 기운을 살펴보며 중얼거렸다.

확실히 처음보다 나은 상태이긴 하지만 전신에 마나를 두
를 정도는 아니다.

두르게 되면 또 피를 토하거나 아니면 음의 기운이 날카롭
게 뻗어 나오겠지.

[별다른 방법이 있나?]

"그러다가 잘못되면 어쩌시려고요."

[쯧쯧, 아직 멀었구먼. 모습을 감추는데 드는 마나보다 나와 자네가 뿌리고 있는 마나의 양이 너댓 배는 더 많네.]

"아."

동현은 작게 탄성을 흘렸다.

확실히 그럴지도 모른다.

시전시킬 마법의 다섯 배 이상의 마나를 몸으로 받고 있다면 그보다 덜한 것 역시 받아낼 수 있으리라.

"그럼 가능하긴 하겠네요……."

동현이 중얼거리고 있을 때, 우형이 그의 어깨를 두드리며 말했다.

―차라리 매니저로 넣으면 안 돼? 무혁 형이 매니저 한 명 더 구할 거라고 했잖아.

"매니저?"

―그러면 관계자가 되는 거고… 무혁 형도 사정은 아니까 따로 멀리 보내는 일은 안 시킬 것 아니야.

"괜찮은 생각이긴 한데……."

그렇게 되면 모습을 감추고 졸졸졸 따라다니는 것보다는 안전할지도 모른다.

모습을 감추고 다녔다가 주위 사람이 치고 가는 경우가 생길 수도 있으니까.

하지만 지금 민찬호의 안색은 전혀 건강해 보이지 않는다.

매니저가 되면 일을 받으러 돌아다녀야 하고, 이것저것 발로 뛰어야 하는 일이 많다.

그런데 현재 이런 몸으로 하기에는, 무리가 있다.

"일단… 형한테 얘기 정도는 해보자."

서로 상의해 이야기해 본 결과 결론은 그가 매니저로서 일하는 것이 승인되었다.

하지만 몸이 좋지 않은 것과 초보라는 점을 감안하니 딱히 시킬 만한 것이 없었다.

때문에 민찬호는 과거 회사에서 일을 했던 경력들을 되살렸다.

자료를 정리하고, 체계적으로 해야 하는 일을 짜는 것들을 말이다.

민찬호는 의외로 그것들을 잘 정리했다.

음의 기운으로 인해 정신없이 하루를 보내던 일은 사라진 지 오래.

때문에 그는 자신의 역량을 어느 정도 나타낼 수 있던 것이었다.

민찬호가 매니저 일에 합세하자 무혁은 한시름 놓은 듯싶었다.

우형과 함께 활동을 했을 때도 개인 스케줄로 벅찼었다.

동현 혼자 활동하게 되면 그나마 스케줄이 줄어들까 했는데, 그건 오산이었다.

오히려 외국에까지 이름을 날리게 되 국내뿐만이 아니라 국외 스케줄까지 잡힌 것이다.

거절하면 되는 일이지만, 동현은 자신 앞에 들어온 스케줄은 거의 소화해 냈다.

예능은 제외하고 말이다.

때문에 죽어 나가는 것은 매니저인 무혁과 그의 전속 스타일리스트들이었다.

제대로 쉬지도 않고 일만 하니, 일반 사람이 버틸 리 만무한 것이었다.

때문에 동현의 스타일리스트는 다른 가수들의 배는 많았다.

매니저도 지난날 몇 번 정도 다른 사람을 들인 적이 있었다.

무혁이 지나치게 피곤해 했으니까.

하지만 그 사람들은 일을 시작한 지 이 주일도 채 되지 않아 모두 그만두었다.

사람이 소화해낼 만한 일이 아니라고 혀를 내두르며 말이다.

결국 그 살인적인 스케줄을 무혁이 따라다니는 수밖에 없었다.

그래도 데뷔한지 1년이 지나갈 때쯤 되었을 때 조금은 쉴 수 있었다.

짬밥 먹었다고 무혁이 해주지 않아도 스스로 할 수 있는 게 있었으니까.

하지만 매니저는 매니저가 해야 하는 일이 있다.

때문에 무슨 스케줄이든 무혁이 따라나서야 했다.

물론 그가 일을 하고 있을 때에는 수면을 취해 버틸 수 있던 것이지만 말이다.

"금요일부터는 쉴 날이 거의 없으실 겁니다. 그전까지 무엇을 해야 좋을지 가르쳐 드릴 테니 확실하게 익혀 주시기 바랍니다."

"알겠습니다."

동현의 컴백을 앞두고, 또다시 KD는 바빠졌다.

컴백을 앞두고 여러 회사에서 동현의 방송 출현을 제안해 오기 때문이었다.

그 탓에 회사에 전화기가 100대가 넘어도 모자랄 지경이었다.

현재 티저 영상은 물론 뮤직비디오 까지 모두 공개된 상황.

아직 컴백 무대를 치르지도 않았음에도 불구하고 성적은 실로 대단했다.

오프라인 앨범 발매가 시작되는 즉시 앨범차트의 상위권을 휩쓸었다.

뿐만 아니다.

음반을 판매하는 매장마다 사람이 몰려와 매진되는 것은

당연지사.

첫날 찍어냈던 10만 부가 눈 깜짝 할 사이에 다 팔려 버린 것이다.

놀라운 것은 그뿐만이 아니다.

티저 영상은 물론 뮤직비디오가 공개되자 일주일도 채 되지 않아 조회수가 삼백만을 훌쩍 넘었다.

아직 컴백 무대에 서지 않은 것을 감안하고 앞으로 상승세를 감안해 실로 엄청난 성적이었다.

우형은 이런 실적을 보고 '내가 참여해서 그래' 라는 우스갯소리를 했다.

하지만 그 말이 아주 틀린 말은 아니었다.

이번 뮤직비디오에는 동현은 물론이고 우형 역시 참여했다.

노래를 부르는 것은 아니지만 대사가 없는 뮤비는 그도 충분히 찍을 수 있었기 때문이다.

사실 모두가 뮤직비디오에는 동현만 참여할 것이라 생각하고 있었다.

이것은 동현은 물론하고 우형 역시 그리 생각했다.

하지만 연성하의 생각은 달랐다.

페이머스에 우형이 속해 있는 이상 앨범 발매에 전적으로 참여해야 한다는 것이었다.

때문에 우형이 뮤직비디오 촬영에 합세하게 된 것이었다.

그 덕분에 우형의 팬들이 몇 번이고 뮤직 비디오를 돌려 보고 있겠지.

"아, 여기 이 부분 좀 아쉽네……."

뮤직비디오를 보던 동현은 작게 혀를 차며 중얼거렸다.

데뷔를 앞두고 바쁜 스케줄과 연습 탓에 뮤직비디오를 뒤늦게 확인한 동현.

약 4분이 되는 뮤직비디오를 본 동현은 아쉽다는 듯 턱을 쓸었다.

2집 컨셉이 집착인 만큼 뮤비에서 그것을 모두 보여주게 되어 있다.

이따금 묘한 분위기를 풍기는 뮤비를 만들어 네티즌을 헷갈리게 하는 뮤비도 있었지만, 동현은 그런 것을 원하지 않았다.

보면 바로 이해할 수 있을 것, 그것이 조건이었다.

하지만 어느 정도의 반전이 들어가 있는 심플한 것을 좋아했다.

때문에 지금껏 페이머스의 뮤직비디오는 해석할 필요 없이 간단하게 이해할 수 있었다.

2집 뮤직 비디오의 시작은 여자가 동현이 준 꽃다발을 바닥에 내팽겨치는 것으로 시작된다.

그리고 여자는 혐오 가득한 시선으로 동현을 보고 그를 스쳐지나간다.

　동현은 바닥에 떨어진 꽃다발과 여자를 아연한 표정으로 바라본다.

　그렇게 잠시 동안 댄스 부분이 나오고, 화면이 변해 눈으로 여자를 좇는 동현의 모습이 드러난다.

　다른 남자와 이야기를 하는 여자.

　해맑은 표정으로 친구들과 장난치는 여자.

　그런 표정이 눈에 각인될 때마다 동현은 방 안의 물건들을 깨부순다.

　마치 히스테리를 부리듯.

　그리고 반쯤 부서진 거울에, 동현이 씨익 웃는다.

　그 다음부터 집착이 시작된다.

　내용상 헤어진 것이 분명함에도 불구하고, 동현은 여자를 좇아다닌다.

　다른 남자와 이야기를 하면 화내고, 무슨 행동을 하더라도 끝까지 주시한다.

　그렇게 다투는 일이 잦아진다.

　녹색 식물들이 모두 붉게 물들어 갈 때.

　여자는 어느 남자.

　즉, 우형의 팔에 팔짱을 끼고 동현의 눈앞에 나타난다.

　우형은 동현을 비웃으며 여자를 데리고 유유히 사라진다.

　그 모습을 본 동현은 망연하게 바라보더니 이내 오싹할 정도로 웃는다.

미친 듯이.

그리고 밤늦게 친구들과 어울려 노는 우형을 찾아간다.

구석으로 그를 데리고 간 동현은 우형과 함께 주먹다짐을 한다.

그리고 근처에 있는 날카로운 물건을 들어 그에게 내려치는 순간!

화면이 새카매진다.

그리고 다시 동현의 얼굴이 나오고, 그는 씨익 웃는다.

그와 동시에 페이머스의 로고가 화면을 장악한다.

"역시 뭔가 아쉬워."

내용상으로 따지면 동현이 반쯤 미친놈으로 나온다.

그것은 그 역할을 했던 동현 역시 그렇게 생각을 한다.

하지만 차라리 병적인 집착을 나타낼 것이었으면 더욱 극적인 게 좋지 않을까 싶다.

뭐… 여기서 더 심하게 했다간 방송통신위원회에 걸릴지도 모르겠지만 말이다.

"근데 이번 앨범은 진짜 스타트부터 느낌이 있네."

연성하는 눈에 띄게 들뜬 표정으로 말했다.

하기야, 연예인 양성 사업을 하는 사람의 입장으로서는 기쁠 따름이리라.

"이거, 이러다가 진짜 세계 순회공연 하는 거 아니야?"

"…그게 말같이 쉬운 일이면 진작 선배 가수들이 했겠죠."

동현은 헛웃음을 삼키며 말했다.

특정 국가 전국 순회도 어려운 마당에, 전 세계라니.

해가 바뀌고 몇 십장의 앨범을 내면 기회가 올지도 모르는 일이지만, 지금은 아닐 것이다.

페이머스가 세계 순회공연을 할 수준까지 유명한 것은 아니었으니까.

컴백 날짜는 눈 깜빡하는 사이에 다가왔다.

어차피 그전까지 미리 인터뷰 녹음을 하고 다니느라 쉴 시간은 없었지만 말이다.

*　　*　　*

콘서트장의 기세는 여느 날 못지않게 뜨거웠다.

이전에 다른 가수들이 달궈놓고 간 점도 있지만, 페이머스의 컴백이 주된 원인이었다.

"컴백 무대는 언제 서도 떨리네."

데뷔한 지 어언 2년 반.

컴백 무대는 물론이고 갖가지 이벤트 무대에 몇십 번은 섰다.

동현이 무대에서 노래를 부른 것만 해도 사오백 번은 가뿐히 넘을 터.

하지만 새 노래를 들고 찾아올 때는 항상 이렇게 긴장이 됐다.

동현의 반응에 우형은 씨익 웃으며 스케치북을 들이밀었다.

—이런 말 안 해도 알아서 하겠다마는, 긴장하지 말고 잘하고 와.

우형의 말에 동현 역시 작게 웃었다.

그리고 동현은 사회자의 소개와 팬들의 환호성을 받으며 무대 위로 당당하게 올라갔다.

고막이 찢겨나갈 것만 같은 거대한 함성 소리가 귓전을 맴돌았다.

동현은 그런 씨익 웃으며 팬들에게 손 인사를 보냈다.

그 인사에 함성 소리는 더 커졌지만 말이다.

컴백 무대는 두 개의 무대를 한다.

첫 번째 곡은 짧게 1절과 하이라이트 부분만.

그리고 두 번째는 타이틀곡을 말이다.

이번 앨범에서 처음 부르는 곡은 우형이 작곡한 곡이었다.

작곡을 시작한 지 일 년도 채 되지 않았지만 엄청난 재능을 보이고 있는 우형.

그가 쓴 곡은 타이틀곡 못지않은 중독성과 대중성을 갖고 있었다.

때문에 타이틀 곡 다음 순위로 우형이 작곡한 곡이 2위를 차지했다.

우형이 작곡, 작사한 곡의 제목은 '추억'이었다.

지난날 페이머스가 처음 만나 이곳까지 오는 여행을 담았다는 것이 우형의 설명이었다.

'추억'은 실제로 동현과 우형 사이에 있던 일을 간략하게 풀어냈다.

데뷔까지 2년.

그 전에 함께했던 시간을 합하면 대략 3년 이상.

함께했던 시간은 짧았지만, 추억만큼은 많았다.

발라드풍의 노래를 부르며 동현은 얼굴에서 미소를 지우지 않았다.

이 곡을 만들었을 때의 우형의 기뻐하는 표정이 잊히지 않았기 때문이다.

다른 곡을 다시 검토하는 것은 귀찮아했던 주제에, 이 곡만큼은 매일 검토했다.

가사 하나하나를 입에 올릴 때마다 우형이 어떤 기분으로 이 곡을 썼을까 하는 감정이 휩싸인다.

서로 만나 팀을 이루고, 차근차근 계단을 밟아가며 지금 이 자리에 올랐다.

동현은 무대 옆을 힐끗 바라보았다.

우형이 뿌듯한 미소를 지으며 동현을 응시하고 있었다.

동현은 그런 우형의 미소에 화답하듯 밝게 웃어 보였다.

그리고 그렇게 노래가 끝났다.

'추억'의 뒤를 이어 나온 곡은 타이틀곡인 '너는 왜'라는 곡이었다.

뮤직 비디오에는 동현을 반쯤 미친 사람으로 만든 것에 대한 불만이 있었으나 곡 자체는 좋다는 말이 많았다.

동현은 격렬한 퍼포먼스를 관객들에게 선보이며 무대를 장악했다.

이리 격한 춤에도 불구하고 흔들리지 않는 음색.

언제 봐도 CD를 그대로 재생시켜 놓은 듯한 느낌.

처음 데뷔했을 때부터 그랬지만, 나날이 늘어가는 실력에 페이머스의 팬들은 물론 타 팬들까지 감탄을 금치 못했다.

멋있다라는 말밖에 나오지 않는다.

노래를 부르고 있는 사람은 단 한 사람.

넓은 무대를 메우기 위해 여러 백댄서들이 춤을 추고 있다.

하지만 그 모습마저도 타인의 눈에는 완벽한 군무로 보일 따름이었다.

이곳저곳에서 역시 페이머스다라는 말이 절로 나오고 있었다.

동현의 무대가 끝나고 오늘 참여한 가수들이 하나둘씩 무대 위로 올라왔다.

컴백 무대로 라스트를 동현이 차지했던 것이다.

올라온 가수들 중에는 우형 역시 있었다.

우형은 자신을 보고 비명에 가까운 함성을 지르는 팬들에게 살짝 손을 흔들어주었다.

오늘의 후보에는 당연 페이머스가 들어갔다.

그의 상대로는 데뷔한 지 이제 2개월째 되어 가는 그룹이었는데, 이들 역시 Dream Star 출신이라고 한다.

하지만 긴장의 여부 따위는 없었다.

시간이 지나 수치가 올라가면 올라갈수록 페이머스의 1등이 확정된 것이다.

발매된 지 고작 1주일 정도 된 앨범이 2개월의 갭을 무너뜨리고 1위를 차지했다.

트로피와 꽃다발을 받은 동현은 씨익 웃어 보이며 트로피를 우형에게 건넸다.

그는 머리 위로 두 손을 흔들어 보이며 온몸으로 기쁨을 표했다.

"수상 소감 발표해 주세요."

언제나와 같이 형식적인 수상소감을 위해 MC들이 마이크를 건넸다.

동현은 짤막하게 자신에게 도움을 준 사람과 우형에게 고맙다는 말을 하고 마이크를 그에게 넘겼다.

1등을 한다면, 무대 위에서 말을 하고 싶다고 했기 때문이다.

"기다려주셔서, 정말 감사합니다. 모두의 성원을 힘입어

완벽하지는 않지만 말을 할 수 있을 정도로 목이 회복되었습니다."

우형의 말은 그 후로 일이 분간 계속되었다.

마지막으로 언젠가 다시 동현과 같은 무대에서 노래를 부르겠다고 약속하며 말이다.

우형의 말에 여느 팬은 오열을 했다.

아무래도 과거와는 다른 우형의 목소리 때문이리라.

목을 치료하여 말을 할 수 있을 정도가 됐다고 하더라도, 우형의 목소리는 과거와 비교해 많이 달랐으니까 말이다.

시간이 지나면, 다시 원래대로 돌아오겠지만.

"나 노래 부르면 안 돼?"

1등이 페이머스로 정해져 앙코르곡을 부르게 되자 다른 가수들은 모두 인사를 나누며 무대 아래로 내려갔다.

그런 혼란을 틈 타, 우형이 작은 목소리로 말했다.

동현은 놀란 듯 눈을 살짝 크게 뜨며 우형을 바라보았다.

아직 마나로 목을 치료하고 있는 녀석이 노래라니.

아마 절반도 채 부르지 못하고 목이 쉬고 아파서 하루 종일 고생할 것이 분명했다.

"안 되는 거 알잖……."

"오늘 하루만."

우형이 말을 가로챘다.

하루만 부탁한다는 우형의 말에 동현은 긴 한숨을 내쉬

었다.

회복됐다 하더라도 노래는 무리일 텐데…….

하지만 동현은 어쩔 수 없다는 듯 우형의 어깨에 손을 대고 자신의 마나를 불어넣었다.

그 마나들은 우형의 마나로드를 타고 성대로 스며들었다.

동현의 행동에 우형은 신기함과 기쁨으로 얼굴에 미소를 박아 넣었다.

전과 같은 실력으로 노래를 부르는 것은 무리이겠지만, 목이 아프지는 않을 것이다.

때마침 간주가 끝나고 도입이 되었다.

동현이 급히 MC를 불러 마이크를 받아 우형에게 내밀었다.

그 행동에 팬들은 물론 MC들 그리고 무혁과 연성하마저도 놀란 듯 눈을 크게 떴다.

"쟤가 미쳤나!"

자신의 곡이 처음 무대에서 발표되는 것을 들으러 온 안종혁도 마찬가지였다.

하지만 무대에 난입할 수는 없는 일.

내려오면 따끔하게 혼내주자라는 계획을 쌓고 있던 세 사람은 우형의 노래에 그만 입을 다물었다.

깊게 찔러 들어가는 베이스 톤의 목소리?

여자들이 좋아할 만한 부드러운 미성?

혹독한 훈련을 통해 만들어진 테크닉?

그런 것은 아무것도 없었다.

약간 걸걸한 목소리가 마이크를 통해 울려 퍼질 따름이었다.

우형은 그저 자신이 낼 수 있는 최대한의 목소리를 내 노래를 불렀다.

동현은 그저 그런 우형의 목소리를 받쳐주며 그가 올리기 힘든 고음 부분만 처리해 주었다.

"느낌이……."

"'Betrayal' 하고 비슷하네요."

연성하는 쓰게 웃었다.

동현과 우형은 데뷔 초에도, Dream Star 때도 실력 차이가 많이 났다.

때문에 대부분 곡의 흐름을 동현이 잡았다.

두 사람이 다 메인보컬인 그룹.

하지만 그럼에도 불구하고 자동적으로 동현이 더 많은 파트를 갖게 된 것이다.

분위기 자체도 그렇게 흘러갔다.

또한 파트가 나눠진 것에 대해 둘다 불만을 토하지 않았다.

후로 갈수록, 그 비율이 잘 맞춰지기는 했다.

하지만 데뷔곡은 우형이 어시스트해 주는 부분이 많았다.

그렇지만 지금 상황은 연성하가 말한 대로 그 반대였다.

우형은 잘 나오지 않는 목소리로 노래를 불렀고, 음이탈이 날 것 같으면 동현이 급히 커버했다.

그 덕에 집중해서 듣지 않으면 우형이 틀린 것도 모를 정도.

안종혁은 그런 동현의 순발력에 혀를 내두르며 칭찬을 아끼지 않았다.

"그건 그렇고, 나눠지지도 않은 파트를 꼭 나눠진 것처럼 부르네요. 마치 처음부터 두 사람이 부르기 위한 곡이었던 것 같아요."

페이머스의 앙코르 무대를 말없이 지켜보던 스타일리스트가 말했다.

그녀의 말에 다른 이들 역시 동의 한다는 듯 고개를 끄덕였다.

그렇게 다들 반쯤 넋을 놓고 두 사람이 자유롭게 무대를 장악하는 것을 바라보았다.

4분은 짧았다.

하지만 그 4분 사이에 동현과 우형은 형용할 수 없는 즐거움과 기쁨을 느꼈다.

과한 감정을 느낀 사람은 무대 위의 둘뿐만이 아니었다.

팬들은 많이 달라진 목소리로 노래를 부르는 우형을 보고 눈시울을 붉혔다.

그렇지 않은 사람은 우형의 행동에 큰 환호성을 질렀다.

무대가 끝나고, 예상했던 대로 기사가 봇물 터지듯 쏟아져 나왔다.

내용은 사람마다 다양했다.

데뷔하자마자 1위를 한 페이머스의 역량을 칭찬한 기사.

수상소감에서 우형의 변한 목소리를 듣고 안쓰러움을 토해내는 기사.

그리고 앙코르송에서 우형이 무리하게 노래를 부른 것에 대한 것이 화제가 되었다.

우형의 목 상태가 노래를 부를 만큼 좋은 것이 아니라는 것은 대부분 사람들이 알고 있던 내용이니까.

기자들은, 그리고 네티즌들은 마지막 앙코르 무대에서 크게 감동을 받았다며 극찬을 아끼지 않았다.

우형에게 몸조리 잘할 것을 덧붙이며 말이다.

기사를 쭉 훑어보던 동현은 핸드폰을 내려놓고 우형을 바라보았다.

인터뷰나 각종 스케줄에 당분간 함께해야 했기에 그는 같은 차 안에 있었다.

지난 몇 개월간 쉬다가 갑자기 다시 활동하려니 적응이 되지 않는 듯싶었다.

"무리하긴……."

동현은 작게 혀를 차며 마나를 그의 몸에 불어넣었다.

우형의 몸에 자연스레 녹아든 마나는 로드를 타고 그의 전신에 퍼졌다.

한숨 자고 일어나면 모든 피로가 풀어져 있으리라.

제 몸은 제가 관리해야 한다는 신조를 가진 유그아닌이 잔소리를 하겠지만, 그것은 그저 유그아닌의 얘기일 따름이니까.

동현은 작게 한숨을 내쉬었다.

무대에서 노래를 부른 것은 부르기 전에 마나로 목을 보호해 별 피해는 없었다.

하지만 문제는 다른 스케줄 때였다.

동현이 근처에 없을 때도 있고, 따로 촬영을 해야 할 때도 있다.

마나가 목을 보호하는 시간은 그렇게 길지 않다.

본인이 하는 것이 아닌, 동현이 목을 보호해 주는 것이기 때문에 시간 제약이 있다.

길어도 10분.

인터뷰라고 해도 최소 10분 이상은 걸린다.

간단한 것만 묻는다고 하더라도 말이다.

그 시간이 지나면 우형의 목을 보호하고 있는 힘이 사라질 터.

때문에 그의 목이 쉽게 쉬어 버린다.

만일 혼자서 목을 보호할 수 있는 능력이 된다면 신경 쓰지 않아도 되지만, 우형은 아직 그 단계까지는 오르지 못했다.

유그아닌이 빨리 가르쳐 주었으면 하지만, 배움에는 순서가 있는 법이니까.

우형의 몸속을 크게 돌던 마나는 순회를 마치고 동현의 몸으로 돌아왔다.

잠에서 깨면 목이 쉰 것이 조금 나아지리라.

"방송에서도 스케치북으로 말할 수 있으면 좋으련만……."

동현의 중얼거림에 무혁이 힐끗 뒤를 돌아보며 말했다.

"그게 가능했으면 나도 처음부터 시켰지."

"역시 무리겠죠?"

"방송 태도 불량이라고 하겠지. 말을 아예 못하는 것도 아닌데 왜 글로 쓰냐고."

동현은 한숨을 내쉬었다.

사정을 알아도 한마디라도 할 수 있다면 제 목소리를 내야 한다니.

입안이 씁쓸했다.

그래도 동현이 할 수 있는 건 몇 개 없었다.

그의 목이 크게 상하지 않도록 짧은 시간이나마 목을 보호해 주는 것.

그리고 그가 빨리 마나를 깨우치기를 기다리는 것 말이다.

＊　　＊　　＊

쾅!

"동현아!"

바쁜 스케줄이 이어진지도 어언 한 달째.

동현은 다음 스케줄까지 조금 남은 시간을 이용해 연습을 하고 있었다.

그때, 우형이 쿵쾅거리고 달려오며 연습실 문을 크게 열어 젖혔다.

덤으로 큰 목소리로 동현의 이름을 부르며 말이다.

동현은 미간을 찌푸리며 크게 울려 퍼지는 노래를 껐다.

그리고 그에게 가까이 다가가 머리를 한 대 쥐어박았다.

"소리 지르지 마."

"아니, 지금 그게 중요한 게 아니야."

그는 인상을 쓰고 목을 부여잡으며 동현을 끌어 창가로 다가갔다.

"저기 봐."

그는 회사 입구 쪽에 몰려 있는 사람더미를 가리켰다.

"기자들하고 팬이잖아. 저 사람들이 어쨌다고?"

"기자들이 왜 몰려왔는지 몰라?"

우형은 눈을 동그랗게 뜨고 말했다.

“몰라?”

“모르니까 묻지.”

동현의 말에 우형은 제 머리를 헤집으며 그를 연습실 구석으로 끌고 갔다.

구석에 놓인 노트북을 집어든 그는 빠른 속도로 손을 놀려 한 사이트에 접속했다.

“빌보드? 빌보드는 왜.”

“이쯤했으면 촉이 와야지.”

우형은 킬킬 웃으며 ‘Hot 100’이라고 쓰여 있는 곳을 클릭했다.

스크롤바를 내린 그는 화면을 보고 경악에 물든 표정을 지었다.

고작 한 달밖에 안된 시점에서 ‘Hot 100’의 12위.

“이걸로 놀라면 안 돼.”

우형은 씨익 웃으며 검색창에 페이머스의 이름을 쳤다.

그리고 나온 검색결과는 동현이 경악할 만한 사실이었다.

―페이머스 정규2집. 한 달 만에 빌보드 진입.

―뮤직 비디오 조회 수 3억 뷰 돌파. 믿기 힘든 독보적 행진! 어디까지 이어지나……

우형에게서 마우스를 빼앗아 기사들을 확인한 동현은 입

을 쩍 벌렸다.

믿을 수 없었다.

지금껏 8주 이상 국내 프로그램에서 1위를 차지하고 있던 적은 꽤 많다.

빌보드 차트에도 참가한 OST에서 단체로 오른 적도 있었다.

하지만 페이머스의 앨범으로 오른 것은 당연 처음.

동현으로써는 믿을 수 없었다.

"이거, 오늘 기사야?"

"응, 올라온 지 조금 됐는데 나도 실장님이 말해 줘서 알았어."

우형의 말에 동현은 고개를 끄덕이면서도 노트북에서 눈을 떼지 못했다.

"조금 있다가 인터뷰하러 올 거래. 준비하고 있으라더라."

"원래 스케줄은?"

"당연히 스킵됐지. 스케줄이 중요해? 이게 더 중요하지."

"…하긴."

우형의 말대로 얼마 있지 않아 연습실로 스타일리스트들이 들이닥쳤다.

그들은 분주하게 동현을 치장시키고 들이닥치는 기자들을 맞이했다.

기자들이 몰려와 한 것은 페이머스의 인터뷰.

그 이상도, 이하도 없었다.

기자들은 빌보드 순위권에 오르게 된 느낌이나 향후 활동에 대해 물었다.

동현은 자신이 아는 대로 대답을 해주었으며, 그것은 얼마 있지 않아 기사화되었다.

페이머스의 앨범은 그 이후로도 계속해서 빌보드 차트에 자리를 잡고 있었다.

주가 바뀌면 바뀔 때마다 순위는 하나씩 꾸준히 올라갔다.

"이거 1등도 가능한 거 아니야?"

"빌보드 1위가 무슨 애들 이름도 아니고… 이 정도에 만족해요 저는."

3위에 자리 잡고 있는 2집 앨범의 표지를 보고 동현이 중얼거렸다.

하지만 주위 사람들은 1위도 가능할지 모른다며 욕심을 가지라고 했다.

"빌보드라……. 다른 가수가 해도 신기할 텐데, 내 근처의 가수가 되니 신기하네."

이동 도중 민찬호가 말했다.

해도 해도 끝나지 않는 스케줄.

국내 스케줄은 물론하고 해외 스케줄마저 국내 못지않게 잡히니, 쉴 시간이 없는 것이다.

때문에 무혁은 민찬호에게 일을 맡기고 숙소에서 잠들어 있는 상태였다.

"나는 실감도 안 나."

빌보드 차트에 이름을 올렸다고 해서 달라진 것은 거의 없었다.

페이머스는 원래 아시아권 사람들에게 꽤나 인기가 있었다.

그래서 활동 중에는 스케줄이 빌 새가 없을 정도였다.

때문에 빌보드 3위를 했다고 해도 크게 달라질 것이 없던 것이다.

여전히 살인적으로 많은 스케줄.

박스 네다섯 개는 가뿐히 채우고도 남을 만한 팬레터와 선물.

조금 달라진 것이라고는 해외 스케줄이 늘어난 것과 외국인 팬이 많이 생긴 것이었다.

물론 그만큼 수입도 늘어났지만 말이다.

동현은 한숨을 내쉬었다.

국내 스케줄을 모두 마쳤으니, 이제 해외로 나갈 차례다.

연성하나 무혁의 말로는 최소 반년 이상은 해외 활동을 해야 한다고 한다.

그것도 세계 순회공연 말이다.

연성하가 장난으로 흘린 말이 사실이 될 줄이야.

사실 연성하가 세계 순회공연 기획을 내기 전, 동현에게 KD 공식 홈페이지에 설문조사를 한다고 했었다.

전국 순회공연을 한다면, 예매를 할 것인가 하지 않을 것인가에 대해 말이다.

그때 동현은 '예매율이 10%가 넘으면 그건 기적이다' 라고 답했다.

그리고 이주일 후 설문 조사의 결과가 나왔다.

결과는 믿을 수 없었다.

10퍼센트?

그건 새발의 피였다.

80%의 확률로 대부분 국가의 사람들이 예매를 하겠다고 한 것이다.

그때를 생각하며 동현은 헛웃음을 터뜨렸다.

설마 하니 진짜 될 줄이야.

동현은 생각을 접고 등받이에 등을 기대고 눈을 감았다.

"시간 진짜 빠르네……."

나이트클럽에서 노래를 부르며 생계를 이어나가던 게 엊그제 같은 느낌이었다.

하지만 근 2년, 아니 3년가량 사이에 많은 것이 변했다.

돈 한 푼 쓰기 아까워서 끙끙댔었는데, 지금은 통장 잔액만 확인하면 눈이 휘둥그레진다.

정말 이 돈들이 내 것인가, 하는 생각에 말이다.

동현은 감았던 눈을 슬쩍 떠 운전하고 있는 민찬호를 바라
보았다.

함께 살기 시작한지 한 달째 됐던 날.

유그아닌은 '이만하면 될 것이다'라며 그의 몸에서 음의
기운을 몰아냈다.

동현은 그때를 떠올리며 살짝 몸을 떨었다.

고막이 찢어질 정도로 커다란 비명을 지르던 민찬호의 모
습.

그는 엄청난 양의 음의 기운을 끝없이 쏟아냈다.

그때 보았던 음의 기운은 가히 사람의 몸에 담을 만한 양이
아니었다.

구역질 날 정도로 많은 양의 음의 기운이 공중으로 흩어지
듯 사라지고, 그는 피를 토해냈다.

설마 죽는 것이 아닌가 싶을 정도였다.

음의 기운이 빠져나가는 사이 그는 몸을 크게 떨며 게거품
까지 물었다.

호흡이 얕아지고, 경련하는 몸의 움직임이 서서히 사라져
갈 때.

유그아닌과 동현 그리고 우형까지 자신의 마나를 그에게
퍼부었다.

텅텅 비어 버린 몸속에 마나는 아주 잘 흡수되어 들어갔다.

마치 아무것도 들어 있지 않는 항아리에 물을 퍼붓는 것 같

은 느낌이었다.

대량의 마나가 민찬호에게 흡수되고 그는 사흘을 꼬박 잠 들어 있었다.

하필이면 바빴을 때라 기절한 민찬호의 일까지 무혁이 처리했다.

그때 사흘간, 그는 죽을 맛이었겠지.

동현은 작게 웃으며 손을 쥐었다 펴는 것을 반복했다.

한때는 제 손으로 죽이려 했던 사람을 제 손으로 살리다니.

기분이 묘했다.

"안 피곤해?"

동현이 물었다.

그 물음에 민찬호는 핸들을 잡지 않은 손을 살짝 흔들었다.

"멀쩡해. 너는? 삼일 내내 잠도 제대로 못 잤잖아."

"나는 일주일 안 자도 멀쩡해."

"그래도 사람인데 몸 생각은 좀 하지?"

"어차피 비행기 타야 하잖아. 그 안에서 자면 되지 뭐."

대수롭지 않다는 듯 말하는 동현에 민찬호는 작게 웃으며 고개를 끄덕였다.

"참, 묘하군."

"뭐가."

"서로 죽여야 하는 결투를 한 사람이, 서로의 건강 상태를 물어주니, 묘하지 않고 배기나."

민찬호가 작게 웃었다.

그 웃음에 동현 역시 따라 웃으며 작게 기지개를 켰다.

"근데 우형이는 공항으로 온대?"

"어. 무혁이가 데리고 온다더라."

민찬호의 말에 동현은 고개를 끄덕였다.

그건 그렇고, 무혁이라니.

제대로 말을 섞지 못해 눈도 못 마주칠 때는 언제고 이제는 편하게 대하고 있다.

헤일드만 만나지 않았더라도 평범한 인생을 살고 있었을 터인 그.

아니, 어쩌면 평범하기는커녕 그를 만나기 전 거리에서 얼어 죽었을지도 모른다.

그를 만난 게 득이 된 것인지, 실이 된 것인지는 모르겠다.

그것은 민찬호가 생각하기 나름이겠지.

머지않아 동현은 공항에 도착했다.

오늘 출국하는 것을 어떻게 알아낸 팬들이 공항 근처에 쫙 깔려 있었다.

그런 모습에 동현은 작게 혀를 차며 모자를 뒤집어썼다.

마법으로 모습을 가리고 나가면 좋겠다마는, 사람이 많을 때는 그게 안 된다.

오늘 나타나기로 한 사람이 나타나지도 않고 갑자기 해외에서 모습을 드러낸다면?

그것도 그거 나름대로 미스터리가 될지도 모른다.

달려드는 팬이 싫은 것은 아니다.

그들은 자신을 보기 위해서 먼 길을 와 준 것이니까.

약간 불편한 점이 있다면 가끔 바짓가랑이를 잡고 가지 말라고 우는 사람이 있다는 것.

그리고 스토커처럼 번호를 알아내고 다닌다는 것들뿐.

개인적인 프라이버시를 침해하려는 것을 제외하고는 다 좋다.

한참 생각하고 있자나, 차가 멈췄다.

먼저 내린 민찬호가 문을 열어주고 그 즉시 경호원들이 앞을 지킨다.

동현은 선글라스를 끼고 차에서 내렸다.

셀 수 없이 많은 인파가 동현에게 손을 뻗었고, 동현은 그에 화답해 주었다.

선물을 마구잡이로 건네는 이들에게서 몇 개의 선물을 받아 들었다.

"이것도 일이다……."

수많은 인파를 헤치며 공항 내부로 들어오자 조금 한산한 내부가 눈에 들어왔다.

민찬호는 들어오자마자 안도의 한숨을 쉬며 주위를 둘러보았다.

“저기 있네.”

미리 입구에서 기다리던 우형은 동현을 발견하게 크게 손을 흔들었다.

그 모습을 발견한 동현은 우형에게로 다가갔다.

“왜 이렇게 늦었어?”

“이 전 스케줄이 늦게 끝났어. 차도 막혔고.”

“뛰어오지…….”

“서울에서 인천까지 뛰어올 바에 차타고 오는 게 훨씬 낫겠다.”

그는 손사래 치며 말했다.

시간 맞추려면 쉬지 않고 달려야 할 텐데, 뛰다가 토할지도 모르겠다.

“농담이지. 정말로 해볼 생각이었어?”

“차가 많이 막히면 도전해 볼 만한 가치는 있어 보여서.”

진지한 표정을 지으며 말하는 동현.

그의 말에 우형은 자지러지게 웃으며 동현의 등을 두드렸다.

동현은 아프다고 핀잔을 주며 미리 끊어놓은 표를 받고 비행기에 올랐다.

사실 콘서트만을 위한 것이라면 우형은 월드 투어에 참여할 이유가 없었다.

페이머스라고는 하지만 그는 무대에 오르지 않기 때문이

었다.

하지만 우형이 함께 가고 싶다는 말을 꺼내기도 전에 연성하는 투어에 함께 가라고 말했다.

동현은 반대하지 않았다.

일만으로 맺어진 사람들과 함께 있는 것보다 우형이라도 있는 것이 속편했으니까.

동현은 편하게 등을 기대고 눈을 감았다.

비행기에서 내리면, 아마 바로 무대를 할 콘서트장에 방문할 것이다.

발 빠른 연성하가 이미 티켓 예매를 시작하는 바람에 첫 무대까지 시간이 얼마 남지 않았기 때문이다.

첫 번째 무대 날짜를 도착하고 나서 그 다음 날로 잡다니.

동현은 한숨을 내쉬었다.

도착하고 리허설할 생각을 하니, 살짝 막막해졌다.

"후아, 전국도 아니고 세계라니! 엄청 떨린다……."

비행가기 상공을 날아오르고 얼마 있지 않아, 우형이 작게 중얼거리듯 말했다.

"그러니까 말이다."

동현 역시 우형 못지않게 들뜬 표정을 지으며 말했다.

세계 순회공연이라…….

"이 정도면, 최고의 자리에 오른 건가?"

동현이 중얼거리듯 말했다.

그의 말을 들은 우형이 고개를 돌려 살짝 멍한 표정을 짓고 있는 동현을 바라보았다.

"최고라……."

우형은 최고라는 단어를 입안에 굴리며 턱을 긁적였다.

"이 자리에 만족해?"

한동안 말이 없던 우형이 갑작스레 물었다.

반쯤 잠들 뻔한 동현은 그의 질문에 눈을 동그랗게 뜨고 우형을 바라보았다.

이 자리에 만족하냐고?

그는 미간을 찌푸리며 곰곰이 생각해 보았다.

한 달 수입은 일반 직장인은 생각도 할 수 없을 정도로 어마어마하다.

그만큼 나가는 돈도 있지만, 들어오는 돈이 더욱더 많다.

과장이지만, 타워펠리스 두어 개 장만해도 될 정도로 말이다.

인기? 이 정도면 과분할 정도로 많다.

게다가 하고 싶은 직업을 하고 있다.

지금 보면 성공했다고 할 수 있을 만한 인생을 살고 있는 것이었다.

하지만 거기까지다.

성공한 인생.

여기까지 했으면 됐다, 하는 만족감은 아직 느끼지 못하고 있었다.

무엇을 해야 이것이 충족될지는 동현조차도 모른다.

하지만 이 자리에 만족하지는 않는다.

"아니, 만족 못하는데."

"그럼 아직 최고가 아닌 거네."

우형의 답에 동현은 그를 바라보았다.

동현의 시선에 우형은 눈을 한껏 휘며 말했다.

"현재 페이머스의 위치가 높든, 낮든 만족할 수 있어야만 최고인 거야."

"…그렇지."

"그러니까, 만족할 때까지는 최고가 아닌 거지. 사실, 나도 아직 만족하고 있지는 않으니까."

우형의 말에 동현은 작게 웃었다.

만일 세계 투어 공연이 끝나면 조금은 만족할 수 있을까.

*　　*　　*

월드 투어의 시작은 아시아권부터 시작되었다.

먼저 일본부터 시작해 중국 그리고 그 외의 국가들까지.

확실한 체계를 짜놓고 시행한 월드 투어는 차질없이 계획대로 진행되었다.

뒤죽박죽한 날씨 탓에 비행기가 뜰 수 없거나, 차가 나아갈 수 없을 때면 모두 동현이 해결했다.

비를 그치고, 빠른 속도로 물이 빠지게 만든다.

눈이 많이 내리는 나라에는 해를 예상 시간보다 더 빨리 뜨게 했다.

그 탓에 눈들은 빨리 녹아내렸고, 내려야 할 눈도 내리지 않았다.

날씨를 동현의 마음대로 조절한 탓이었을까.

페이머스가 투어를 마치고 돌아간 나라에는 약 삼사 일간 이상기후가 나타난 곳도 있었다.

폭우나 폭설이 더 심하게 내린다거나, 심각하게 더워지거나 추워지는 등의 일 말이다.

후에 귀국하고 들은 사실이었지만 말이다.

하지만 사람들은 이런 이상 기후에 별다른 의심을 갖지 않았다.

월드 투어 내내 날씨가 페이머스의 일정대로 움직인 것에 감탄을 내뱉을 따름이었다.

일주일 내내 쏟아질 것이라는 눈, 비가 페이머스의 출국 날에 딱 그치는 일.

그런 일이 한두 번도 아니고 투어 내내 반복되니 우연이라 생각했던 사람도 신기하다고 감탄사를 내뱉었다.

신마저도 페이머스가 무사히 투어를 마치기 바라는 것이라며 말이다.

그렇게 월드 투어의 3분의 1가량을 마치고 비행기 시간을 기다리고 있을 때.

핸드폰을 만지작거리던 우형이 눈을 동그랗게 뜨며 반쯤 잠이 든 동현을 흔들어 깨웠다.

"벌써 시간됐어?"

피곤한 듯 동현은 눈을 비비며 부스스 일어났다.

아무리 마나를 몇 년 동안 배운 사람이라고 하더라도 심적 부담감과 이어지는 이동에 피곤할 수밖에 없나 보다.

"아니, 그건 아닌데."

"근데 왜 깨워……."

동현은 한껏 인상을 쓰며 팔로 눈을 가렸다.

우형은 그런 동현을 다시 흔들고는 생수병을 그에게 내밀었다.

물을 받아 마신 동현은 한숨을 내쉬며 깨운 연유를 물었다.

"이것 봐."

우형은 핸드폰을 들이밀었다.

동현은 귀찮다는 듯 인상을 쓰면서도 핸드폰 화면을 바라보았다.

—1위 페이머스 빌보드

—2위 페이머스

—3위 페이머스 '너는 왜' 빌보드

　실시간 검색어 1위에서 3위까지 차례대로 차지하고 있는 페이머스의 이름.

　동현은 의문을 갖고 기사 중 하나를 클릭해 읽어 보았다.

빌보드 차트 갱신. 3위 유지하던 '너는 왜' 1위 등극!

총 3개의 차트에서 1위.

상위권을 유지 하고 있는 것은 알았지만 설마하니 1위를 할 줄 이야.

　동현은 믿기지 않는다는 듯 눈을 끔뻑이며 그 기사뿐 아니라 다른 기사들 역시 확인했다.

　몇 번을 봐도 같은 내용이었다.

　빌보드 차트 1위.

　하나뿐만이 아니라 총 3개의 차트에서 1위!

　"허!"

　믿기지 않았다.

　"대박이다 진짜……."

　"1위 기념으로, 한잔해야 하지 않겠어?"

　우형이 익살스럽게 웃으며 무언가를 마시는 듯한 시늉을 했다.

　그의 말에 동현은 핸드폰을 그에게 건네주며 말했다.

"음주가무는 모든 스케줄이 끝난 다음에. 안 그러면 너만
피곤할걸?"

"에이. 나는 원래 인터뷰 때문에 같이 가는 거지 무대는 너
혼자 서잖아."

우형의 말에 동현은 어처구니없다는 듯 웃으며 말했다.

"그래서 먹겠다고?"

"먹자!"

우형이 씨익 웃었다

동현은 어쩔 수 없다는 듯 고개를 끄덕였다.

빌보드 차트 1위라.

동현은 턱을 쓰다듬었다.

이 이상, 더 높이 올라갈 수 있는 길이 있을까?

Chapter 09
그렇게 우리들은

"드디어 들어오는 거야?"

"이번에야말로 확실하대?"

"확실하겠지. 공식 홈페이지에 올라온 말이잖아."

공항은 여느 때와 비교도 되지 않을 만큼 크게 북적였다.

양손 가득 커다란 쇼핑백을 들고 있는 여학생들.

커다란 카메라를 어깨에 짊어지고 게이트에서 사람이 나오기를 기다리는 카메라맨들.

심상치 않은 사람이 국내로 들어오는 듯 공항은 사람들로 북새통을 이루었다.

몇 분을 아니, 몇 시간을 기다린 것일까.

수십, 수백 명의 사람이 게이트를 빠져나갔다.

그리고 긴 시간이 지나지 않아 누군가가 크게 소리쳤다.

"페, 페이머스다!"

그 사람의 목소리가 시발점이 된 것일까.

눈이 부실 정도로 따가운 플래시가 여기저기서 터져 나왔다.

게이트에서 나온 이는 갑작스러운 불빛에 손을 들어 시야를 차단했다.

그리고 얼마 있지 않아 어느새 익숙해졌는지 가리고 있던 손을 내렸다.

"우와……."

"대박이다 진짜……."

그리고 그순간 시끌벅적하던 공항 내부에는 작은 감탄사밖에 흘러나오지 않았다.

여자보다 더 하얗고 깨끗하기 그지없는 피부.

멋있다, 아름답다는 말로 표현하기에는 단어가 극도로 부족한 외모의 소유자.

인터넷에 떠도는 말대로 '신이 정성들여 조각한 외모'였다.

두 사람의 얼굴을 본 사람은 말도 안 된다는 듯 입을 열었다.

"저게 어디가 30대 중반에 접어들어 가는 사람 얼굴이냐……."

그 사람 말을 다들 동의한다는 듯 주위에서 작게 '그러게
요'라는 말이 터져 나왔다.

페이머스는 그런 그들의 반응에 작게 손을 흔들어 주며 급
히 발을 놀렸다.

공항을 빠져나와 차에 타기 직전까지.

페이머스는 수줍게, 또는 거칠게 다가오는 이들을 밀어내
지 않았다.

두 사람은 선물을 건네는 사람의 손을 거절하지 않고 모두
받은 후 차에 올라탔다.

페이머스가 차에 타 공항에서 모습을 감춤과 동시에 인터
넷은 난리가 났다.

─페이머스, 장기간 세계 투어 종료 후 한국 귀환! 앞으로의 활
동은 어떻게 될지…….

─전설이 돌아왔다! 오늘 오후 6시 입국 완료.

─1년 반만에 돌아온 페이머스. 여전한 외모 과시. 변하지 않
는 외모.

"우와, 부지런하기도 하셔라."

차에 올라타 받은 선물을 정리하고 핸드폰을 확인한 우형
은 혀를 내둘렀다.

오랜만에 돌아온 것이긴 하지만, 이렇게 성대하게 반겨줄 줄이야.

여러 가지 기사들을 이리저리 둘러보던 우형이 동현을 돌아보며 말했다.

"근데 우리, 영원히 안 늙는 건 아니겠지……?"

살짝 불안감이 담긴 목소리에 동현은 갑자기 무슨 소리냐는 듯 헛웃음을 내뱉었다.

"느닷없이 무슨 소리야."

"이것 봐."

―10년 전과 다를 바 없는 외모. 오싹!

기사에는 과거 Dream Star 때와 현재 모습을 비교해 놓은 사진이 첨부되어 있었다.

"안티 기자인가 보지."

대수롭지 않다는 듯 손을 휘휘 저으며 말하는 동현.

"근데, 안 늙은 건 사실이잖아."

"…그건 그렇지."

페이머스가 데뷔한 지 어연 9년.

시간은 주체할 수 없을 정도로 빠르게 흘러갔다.

스케줄을 소화하고 할 일을 하니 그새 9년이 지나가 있었다.

물론, 그 사이에 많은 변화가 있었지만 말이다.

우형은 현재 작곡가로서 세계에서 위상을 떨치고 있었다.

그에게는 히트곡 제조기라는 별명이 붙어 있다.

5년 전부터 말이다.

그 증거로 그가 쓴 모든 곡은 최소 8주간 음악 차트 1위를 놓치지 않았다.

그리고 그 이후 페이머스의 활동 곡은 대부분 우형의 곡이 었다.

회사 쪽에서 다른 작곡가의 곡을 받으라고 하면 어쩔 수 없이 받았지만 말이다.

또한 과거 교통사고로 인해 손상되었던 우형의 성대와 식도는 말끔하게 고쳐졌다.

잔병치레도 더 이상 하지 않았다.

우형이 다시 동현과 활동을 재개한 것은 유그아닌의 말대로 마나를 배우고 2년 후였다.

현재 우형의 목은 과거와 비교할 수 없을 정도로 좋아진 상태다.

목이 다치기 전보다 더욱 목소리도 듣기 좋고 매끄러워졌다.

만일 우형이 그 사이에 쓸데없이 목을 쓰지 않았더라면 더 빨리 나았을지도 모른다고 한다.

2집 활동은 물론, 앨범을 낼 때마다 한두 마디씩은 해줘야 했으니.

그것이 문제가 되었던 모양이다.

뿐만 아니라 그는 글쓰기 귀찮다고 간단한 얘기는 제 입으로 했었으니까.

오래 걸릴 만도 했다.

변한 것은 그뿐만이 아니었다.

우형은 과거 동현과 흡사한 힘을 갖게 되었다.

비록 마법을 배우지 않아 하늘에서 불덩이를 떨어뜨리는 일은 할 수 없었다.

하지만 풍부한 마나로 인해 이것저것 사람이 할 수 없는 일을 해냈다.

연성하도 많이 변했다.

외모도, 나이도 그리고 사회적인 위치도.

그는 더 이상 실장이 아닌, 대표였다.

KD가 아닌 UL엔터테이먼트의 대표 말이다.

동현과 우형의 성을 따 세운 새로운 엔터테이먼트.

계약 기간이 끝난 페이머스는 KD와 재계약을 하지 않았다.

데뷔한지 4년째 되는 해.

하락세는 보이지 않고 높이 치솟아 오르기만 하는 페이머스의 주도권을 KD의 대표 이사가 가져가려 한 것이다.

처음, 연성하는 내키지 않지만 어쩔 수 없다는 듯 페이머스를 그의 손에 맡겼다.

그리고 대표의 손을 거쳐 페이머스의 미니 앨범이 나왔다.

하지만 결과는?

대참사였다.

페이머스가 갖고 있는 어느 정도의 팬 층이 있어 적자만큼은 면했다.

하지만 대외적 반응은 싸늘하기 그지없었다.

제작자가 누구냐, 왜 이런 콘셉트를 하게 만든 것이냐.

이것은 페이머스와 전혀 어울리지 않는다.

노래를 부른 이들의 목소리는 좋지만, 곡이 전혀 좋지 않다.

이런 혹평이 이어졌다.

보통 좋지 않은 반응이 나온다면 활동 기간을 줄여 다음 앨범에 총력을 기울인다.

하지만 대표는 어리석게도 '시간이 지나면 네티즌도 이해할 것이다!' 하는 어처구니없는 말을 내뱉었다.

그리하여 페이머스가 대표에 손에서 나온 곡을 들고 활동한 것이 5개월이었다.

본래 페이머스의 실력이 좋았기에 빌보드 차트에는 올라갈 수 있었다.

하지만 70대에서 머무를 뿐, 그 이상 올라가지 않았다.

미니앨범 활동이 끝나고, 솔직히 그들은 이사가 물러날 줄 알았다.

하지만 웬걸.

더 어이없는 프로젝트를 들고 와 준비 기간은 고작 두 달을 주고 시행하라는 것이었다.

참다못한 연성하는 페이머스를 다시 자신이 관리하겠다고 했다.

하지만 이사는 그들을 쉽게 놓아주지 않았다.

결국 참다못한 연성하는 그 자리에서 KD를 그만두었다.

가수를 생각하지 않고 특징도 모르는 대표 이사 아래에서 일 하느니, 자신이 대표를 하겠다며 말이다.

그 일이 있고 이 주일 후.

페이머스의 재계약 날이 다가왔다.

5년이라는 시간이 훌쩍 지나간 것이었다.

이사는 계약서를 들이밀고 사인할 것을 재촉했다.

하지만 두 사람은 계약서에 사인하지 않고, 재계약하지 않겠다고 한 후 KD를 나와 버렸다.

그리고 두 달 후.

생겨난 지 얼마 되지도 않은 신생 엔터테이먼트와 전속계약을 맺었다.

그것도 10년을.

이것이 인터넷에 보도되자 사람들은 무슨 일인가 하며 사실을 알고자 했다.

5년 동안 동거 동락했던 KD를 버리고 어째서 신생 소속사와 계약을 한 것인지.

어째서 그 회사 대표가 전 KD의 실장인 것인지에 대해 말이다.

이런 궁금증을 풀어 준 것은 KD의 이사도 아니고, 연성하도 그렇다고 페이머스도 아니었다.

KD소속이었던 연습생 또는 스타일리스트들이 대표 이사의 만행을 모두 말한 것이다.

KD가 어떻게 큰 엔터테이먼트가 되었는지.

실질적인 관리는 대표가 아닌 연성하 실장이 다 했다는 것을.

그리고 다 키워놓은 연성하의 작품을 대표 이사가 가로채간 것을 말이다.

이 사실을 들은 네티즌들은 KD에 싸늘한 시선을 보냈다.

KD에 연습생으로 들어갔던 사람들은 하나둘씩 관두기 시작했고, 오디션을 보는 사람도 없었다.

그렇게 2년 반.

신생 기획사에서 이제 한국을 대표하는 기획사로 변한 UL엔터테이먼트.

그리고 그와는 반대로 한국 대표 기획사에서 듣도 보도 못한 잡 기획사로 변한 KD.

희비는 그렇게 교차되었다.

그리고 이후 에스테반은 한민교가 솔로로 활동하고 얼마 있지 않아 해체되었다.

한민교 역시 지금은 음악 활동보다 드라마나 예능 쪽에서 활동하고 있는 듯했다.

언제부터인가 이미지가 망가지기 시작해 걷잡을 수 없게 된 것이다.

또한 과거에 쉴 새 없이 대치했던 민찬호 역시 많이 변했다.

음의 기운을 한아름 품고 살아가던 그는 지금 완전히 반대가 되어 버렸다.

음의 기운이 조금만 느껴지면 얼마나 치를 떠는지.

곁에 있는 동현이나 우형마저도 혀를 내두를 정도였다.

그는 쉼없는 수련을 통해 현재의 동현과 비등할 정도의 마나를 얻게 되었다.

유그아닌의 말로는 동현이 수련을 게을리해 발전이 없는 것이라고 하지만 말이다.

변한 것은 그가 가진 힘뿐만이 아니었다.

대외적인 민찬호의 평가마저도 눈에 띄게 달라졌다.

'스타 메이커.'

이것이 민찬호에게 붙은 하나의 명칭이었다.

페이머스가 KD를 나옴과 동시에 민찬호와 정무혁 역시 KD를 빠져 나왔다.

그리고 UL로 들어가 연성하와 함께 일하기 시작했다.

하지만 소속사를 옮기고 나서 민찬호가 한 일은 페이머스의 스케줄 관리 일이 아니었다.

연성하는 민찬호에게 실장이라는 직분을 맡겨 가수가 될 인재를 발굴해 내라 했다.

연성하의 선택은 옳았다.

민찬호는 앉아서 스케줄이나 맞추는 그런 일을 할 인재가 아니었다..

그는 밖에 나가 캐스팅을 하거나 오디션을 보러 온 사람을 픽업해 내는 일을 했다.

그 결과 스타 메이커라는 명칭을 얻게 된 것이다.

그가 매니징을 하면 오디션에서 몇백 번 떨어진 사람이 국내에서 내로라하는 스타가 되기 때문이었다.

민찬호는 그 사람의 '가수가 될 재능'을 본 것이 아닌 '연예인으로서의 재능'을 보았다.

매니징에 소질없는 동현의 입장에서는 그게 무슨 소리인지 알지 못했다.

아직까지 무슨 뜻인지 이해가 안 가는 것을 보니 아마 평생 이해하지 못할 것 같았다.

그리고 마지막으로 유그아닌.

동현이 보기에 제일 변하지 않은 사람은 유그아닌이 아닐까 싶다.

아무리 육체가 없다 하더라도 정신만큼은 살아 있는 사람.

그는 동현을 처음 만날 때부터 시간이 흐른 지금까지 단 한 치의 변함도 없었다.

누군가를 가르치기 좋아하는 것.

비록 우형을 다 가르치고 나서 별달리 가르칠 사람이 없어 슬퍼했지만 말이다.

이것저것 새로운 것에 호기심이 많아 이계에서 지구로 온 지 10년 만에 전 세계의 언어를 모두 외울 정도였다..

요즘 유그아닌은 사람을 가르치는 재미에 다시금 맛을 들여 그것에 집중하며 살고 있다.

바로, 데뷔가 정해진 연습생 모두에게 마나라는 것을 가르치는 것.

마나인 것을 밝히고 가르치지는 않는다.

그저 고대 건강 운동이라는 식으로 심신을 편안하게 하고 신진대사를 활발하게 만든다는 허울 좋은 말로 포장하고 있는 것이었다.

뭐, 건강해 지기도 하고 신진대사도 활발해 지는 것은 사실이다.

덕분에 연습생들도 쉽게 지치지 않고 많은 스케줄을 해도 과로로 쓰러지지 않았다.

어떻게 보면 상술로 이용하는 것이라 생각할지도 모르겠지만, 유그아닌은 신경 쓰지 않았다.

누군가에게 도움만 되면 된다고 생각을 하니 그런 것에 신경 안 쓰는 것은 어쩌면 당연한 것인지도 모르겠다.

동현은 제 팔목에 걸린 은빛 사슬을 바라보았다.

두 개의 철사가 이리저리 꼬여 유그아닌과 연결되어 있는 사슬.

이것이 동현의 팔목에 채워짐과 동시에 그의 인생도 달라졌다.

동현은 마음속 깊은 곳에서 진심으로 감사했다.

먼 예전, 허망하게 죽을 위기에 처한 채 자신을 찾아온 유그아닌.

그가 아니었지만 현재 이 자리에 서 있는 동현도 없었을 것이었다.

아마도 연쇄적으로 다가오는 죽음의 그림자에 맞설 능력이 없어 무력하게 지고 말았겠지.

동현은 사슬을 살짝 쓰다듬으며 입꼬리를 끌어 올렸다.

"그러고 보니 그거 생각난다."

한참 동안 입을 다물고 있던 동현이 입을 열었다.

조용했던 차 안에 그의 목소리가 울리자 우형은 물론 운전하고 있던 민찬호도 그를 바라보았다.

"'페이머스의 징크스' 기억 나?"

동현의 말에 우형은 떠올리려는 듯 눈알을 데구르르 굴리더니 이제 박장대소했다.

민찬호는 모르겠다는 듯 고개만 갸웃거리고 있었다.

"아, 그러고 보니 진짜 그리운 징크스네. 오랜만에 듣는다."

"그게 뭔데?"

민찬호가 궁금하다는 듯 물었다.

"어? 들으면 후회할 텐데? 괜찮겠어요?"

"궁금하잖아. 뭔데?"

민찬호의 반응에 우형은 또다시 킬킬대고 웃음을 터뜨렸다.

그리고 그는 웃음으로 인해 떨리는 목소리를 진정시키며 말을 이어나갔다.

"데뷔 초에, 아니 데뷔하기도 전에 페이머스가 사고에 꽤 많이 휘말렸거든요."

다큐멘터리 촬영 중, 트럭으로 인한 동현의 교통사고.

무대 녹화 도중에 조명이 떨어져 동현이 발로 찼었던 방송 사고.

어느 안티팬이 동현의 과거를 들먹이며 허위 사실을 공개했던 사고.

일본에서 있던 초대 가수로 초청되었던 무대에서 콘서트장이 붕괴하는 사고.

그리고 우형이 목을 다치고 무혁이 중상을 입은 폭우길의 교통사고.

라스베이거스 초대 공연에서 화재가 발생한 사고까지.

"와, 그땐 저주받은 그룹이라는 말까지 들었었지."

어느새부터인가 사고가 딱 끊겨 더 이상 저주받은 그룹이니, 징크스니 하는 말은 쏙 들어갔지만 말이다.

우형의 말을 들은 민찬호는 헛기침을 내뱉으며 머리를 긁적였다.

우형이 말한 사고들 중 몇 개는 자연적으로 난 사고이지만, 몇 개는 자신이 낸 사고였기 때문이다.

물론 자신이 저지른 일들이 동현의 목숨을 많이 위협했지만 말이다.

그와 동시에 많은 시민들의 목숨까지도.

"내가 그땐 미쳤었지. 그러고 보니까 그때 일에 대해 사과도 안 하고 있었네."

"옛날 일인데 뭐. 형도 형이 원해서 한 게 아니라 헤일드가 시킨 거였잖아. 안 하면 죽인다! 이러면서."

동현이 헤일드의 목소리를 따라하며 말하자 민찬호는 크게 웃었다.

"그러고 보니 심각했던 사고를 이제는 아무렇지도 않게 말할 수 있을 정도가 되버렸네."

"그 정도로 시간이 많이 흘렀지."

동현은 작게 웃으며 창밖을 바라보았다.

항상 다니는 서울의 거리지만 10년 전과 비교하면 눈에 띄게 변해 있었다.

이따금씩 생각한다.

만일 그때, 헤일드가 아니라 유그아닌이 패배했다면 자신은 지금 어떻게 됐을까.

만일 어느 쪽도 이기지 못하고 두 사람 다 소멸해 버렸다면 어떻게 됐을까.

아마 살릴 수 있는 생명을 살리지 못했을 것이다.

배울 수 있는 기회를 저편으로 날리게 되는 게 될 것이고, 인생의 전환점을 맞지 못하는 사람도 있었을 것이다.

[뭔 말을 그리 재밌게 하고, 자네는 뭘 그리 심각하게 생각하는가?]

"깜짝이야……."

갑작스럽게 나타난 유그아닌의 모습에 동현이 가슴을 쓸어내리며 중얼거렸다.

[죄지었나? 놀라게.]

"갑자기 나타나시니까 놀라죠. 평범하게 좀 나타나세요."

[나는 그저 이 근처에 어느 건물이 생기고 없어졌는지 보고 온 것뿐이라네.]

유그아닌의 말에 동현은 작게 키득였다.

역시 처음 만났을 때나 지금이나 변하지 않는 사람이다.

"다 왔다, 내리자."

과거를 떠올리고 있던 동현은 민찬호의 말에 선글라스를 끼고 차에서 내렸다.

커다란 호텔 앞에서 멈춘 그들은 자연스럽게 약속 장소로 발걸음을 옮겼다.

문을 두드리고, 큰 문을 열자 익숙한 얼굴들이 하나둘 눈에
들어왔다.

"늦었어!"

안으로 들어오자 볼을 부풀린 서영이 동현과 우형을 반겼다.

오랜만에 보는 얼굴에 동현은 얼굴에 미소를 박아 넣었다.

조서영.

유감스럽게도 그녀는 크게 성공하지 못했다.

다즐링은 결국 해체했고, 멤버들은 각기 제 갈 길을 갔다.

어느 사람은 개인 사업을 했고, 어느 사람은 보컬 트레이너
가 되었다.

그중 서영 역시 연예계에서 벗어나 하나의 학원을 차렸다.

연기 학원 말이다.

전직 가수가 트레이닝을 해주니 찾아가는 사람도 꽤 있는
모양이었다.

연기 학원인데 왜 가수 출신인 그녀가 그쪽 분야에 트레이
너를 하나 의문이 생기긴 했지만, 뭐… 연기에도 꽤 소질이
있었으니까.

동현은 그런 그녀를 보고 작게 웃으며 서영의 머리를 쓰다
듬었다.

이제는 자연스럽기만 한 그 행동에 서영은 작게 웃으며 동
현을 이끌고 가운데로 나아갔다.

"이렇게 다 모인 거, 정말 오래간만이네."

"너희들이 바빠서 그런 거 아니야. 오늘도 간신히 시간 내서 온 거면서."

우형의 말에 지금은 UL에서 댄스 트레이너로 활동을 하고 있는 진영이 말했다.

진영의 말에 동현은 작게 키득이며 파티장 내 웨이터가 건네는 와인을 받아들었다.

"오랜만이다. 요즘 보기 힘드네."

"어? 형도 오셨어요?"

"왜. 난 오면 안 되냐?"

"설마요."

동현은 씨익 웃어 보였다.

연예계에 발을 담그고 있는 사람이 아니라 제대로 만나기 힘든 이.

그는 동현이 밑바닥에서 기어 다니고 있을 때부터 알고 있던 배한결이었다.

한결은 이미 30대 후반을 달리고 있는 나이.

하지만 그는 놀랍게도 30대 초반 정도로밖에 보이지 않았다.

동현이나 우형은 마나를 배웠으니 그렇다 치지만, 한결은 자연스럽게 그리되고 있는 것이었다.

"요즘 매상은 잘 올라요?"

"뭐, 그저 그렇다. 네가 한 번 와서 노래 불러주고 가면 쫙 오를 것 같은데…… 잘 챙겨줄게."

"기각."

누가 사장님 아들 아니랄까 봐, 나이를 먹을수록 말하는 것
이 닮아간다.

한결은 현재 아버지의 뒤를 이어 나이트클럽을 물려받았
다.

그 이후 한결은 나이트클럽 경영에 힘썼다.

결과적으로 그의 아버지같이 돈독이 잔뜩 오른 것 같지만
말이다.

그래도 다른 사람에게 손 뻗지 않고 본인이 돈을 버니, 무
어라 말할 수는 없었다.

혼자 경영하기 시작해 그 근방에서 제일 큰 나이트클럽을
운영하고 있으니.

젊지는 않지만 꽤나 쏠쏠한 수입을 하고 있을 것이다.

동현은 한결에게 잠시 다른 사람에게 인사를 하고 오겠다
며 그의 곁을 벗어났다.

눈에 익은 몇몇 사람들에게 인사를 하다 보니 동현을 월드
급으로 끌어올려 준 그 사람이 눈에 들어왔다.

"오랜만입니다. 요즘 바쁘시다던데, 시간 괜찮으세요?"

"없어도 내야지. 명색이 우형이 스승인데."

안종혁은 웃어 보이며 말했다.

그는 페이머스의 정규2집 이후, 평소보다 더 이름을 날리
게 되었다.

페이머스를 대한민국 최고에서 세계적으로 이름을 날리게 만들어 줌과 동시에 자신도 상승세를 탄 것이다.

그 시기 그는 세계 작곡가에게 '안종혁' 이라는 이름을 대면' 실력있는 한국의 작곡가' 라는 말은 들을 수 있을 정도의 사람이었다.

하지만 그 이후 '실력있는 한국의 작곡가' 라는 타이틀을 떼어 버렸다.

사람들은 종혁을 '아시아 최고의 프로듀서' 라고 칭했다.

그때, 종혁은 그 호칭을 과분하다고 생각했다.

곡 하나를 써 유명해질 대로 유명한 사람에게 곡을 넘긴 것.

종혁이 한 것은 그것밖에 없었다라고 그는 생각했다.

때문에 종혁은 '아시아 최고의 프로듀서' 라는 명칭이 아깝지 않게 노력하고 또 노력했다.

결국 시간이 지난 지금은 아시아권이 아닌 세계적으로 유명한 한 사람이 되었지만 말이다.

"주인공이 지각하면 어쩌자는 거야."

"그러게 말이다."

"자, 어찌 됐든지 간에 주인공이 왔으니 축배를 들자! 페이머스 빌보드 차트 1위 30회 기념을 위하여!"

"위하여!"

십수 개의 와인 잔이 부딪혔다.

동시에 보랏빛 액체가 이리저리 튀고, 웃음소리가 홀 안을 가득 매웠다.

빌보드 차트 1위.

이제 페이머스에게는 그다지 어렵지 않은 레벨이 되어 버렸다.

몇 년 전까지만 해도 끝이 보이지 않았던 벽이, 지금은 조금만 뛰면 닿는 허들이 된 것이다.

솔직히 그렇게 되었을 때, 조금의 허무함이 느껴졌다.

최고의 자리라 함은 모두가 인정하는 음악 차트의 1위를 차지하는 것.

페이머스는 데뷔 3년차가 되기도 전에 그것을 달성했다.

한 가지 분야뿐만이 아니라 모든 빌보드 차트 순위에서 1위를 차지한 것이다.

짧게 일이 주가 아닌 최소 세 달을 말이다.

그때, 동현은 작은 슬럼프에 빠졌었다.

동현이 최고라고 생각했던 빌보드 차트의 1위.

하지만 1위를 했다고 동현에게 돌아오는 것은 아무것도 없었다.

그저 축하해라는 단 한마디.

만족감 따위는 느낄 수 없었다.

높은 자리에 오르게 되면, 최고의 자리에 앉으면 외롭다고 한다던가.

그 말은 사실이었다.

지나가는 모든 사람마다 경외의 눈길로 바라보고, 동현을 대하기 힘들어 했다.

그럴 때마다 동현의 마음은 더욱 좋지 않기만 했다.

그렇게 1년.

동현은 모든 음악 활동을 접고 자신이 지금껏 무엇을 해왔는지 성찰했다.

무엇이 잘못되었는지, 무슨 마인드로 노래를 해왔었던 것인지.

그리고 1년이 지나고 동현은 다시 음악 활동을 시작했다.

1년 동안 막아 두었던 음감이 다시 쏟아져 나왔기 때문일까.

아니면 동현의 마인드 중 무언가가 바뀌었기 때문일까.

페이머스의 노래는, 동현의 음악은 다른 사람이 듣기에 매우 편하게 변했다.

"최고가 된 것 같아?"

매년, 이렇게 만나 축배를 들 때마다 우형이 동현에게 질문했다.

그의 질문에 동현은 한껏 웃으며 말했다.

"최고가 아닌 순간이 있었냐?"

동현의 대답에 우형은 안면 가득 웃음을 박아 넣었다.

"없었지!"

에필로그

"…그래서 지금 그 말을 믿으라고요?"

준수한 얼굴의 남학생이 한쪽 눈썹을 치켜세우며 말했
다.

[안 믿기겠지만, 믿으시게.]

파리하게 늙은 노인이 가슴을 훌쩍 넘는 긴 수염을 쓸어내
렸다.

그리고 사람 좋아보이게 웃으며 똥 씹은 표정을 하고 있는
학생의 어깨를 두드렸다.

"그, 가수 유동현은 죽은 지 벌써 40년이 넘었어요. 먼 옛
날 사람이라고요."

[그건 그냥 눈속임이었다고 말하지 않았나. 그자는 사흘 전에 늙어죽었네. 백서른둘의 나이로 말이야.]

남자는 긴 한숨을 내쉬었다.

어디에서 '나 좀 살려줘요!' 하는 소리가 들려 뛰어와 봤더니 이상한 사람이 잡고 늘어진다.

이래서 요즘 사람들이 누구를 구하는 히어로 행세를 안 하려 하는 거다.

좋은 마음 갖고 도우러 왔더니, 미친놈이 아닌가.

남자는 두 번 다시 선의를 베풀지 않겠다고 생각하며 뒤를 돌았다.

살려달라고 할 땐 언제고 모습을 드러내자마자 '내가 보이나! 계약합세!' 하는 노인이라니.

그것도 하얀 머리에 하얀 수염 게다가 하얀 옷까지.

정신병자가 따로 없었다.

[정말 내 말을 안 믿을 건가? 자네는 어떻게 증명해야 내 말을 믿을 건가?]

"증명해도 안 믿어요."

어처구니없는 것은 그의 차림새뿐만이 아니었다.

자신이 40년 전에 수명을 다해 사별한 유동현과 계약이라는 것을 했었다니.

그런데 뭐, 40년 전 죽은 게 아니라 사흘 전 죽어?

미친 사람도 이 정도 미친 사람은 없을 것이다.

"저는 공부해야 합니다. 수능이 얼마 안 남았어요."

[공부? 허어… 이 나라 사람은 예나 지금이나 공부만 파는 건 여전하구먼. 내가 제안 하나 하지.]

"필요없어요."

[흐음… 꽤 구미가 당기는 이야기일 텐데?]

정신 나간 노인의 말에 남자는 슬쩍 그를 올려다보았다.

노인은 씨익 웃으며 말했다.

[공부를 잘하고 싶나?]

그 물음에 남자는 자신도 모르게 살짝 고개를 끄덕였다.

[내가 지금은 이래 보여도 젊을 때 수석을 놓친 적 없는 사람일세. 수능이라는 것, 만점을 맞도록 도와주지. 어떤가?]

"만점?"

[그렇네. 내 이름은 유그아닌. 내가 자네를 돕고, 자네는 내가 살아갈 수 있도록 계약만 해주면 되네.]

거의 다 되었다!

유그아닌은 씨익 웃었다.

그 웃음에 남자 역시 함께 입꼬리를 말아 올리며 웃었다.

"딴 데 가서 알아보세요."

[뭐, 뭣이?]

예상치 못한 답에 유그아닌은 눈을 동그랗게 떴다.

하지만 그의 반응 따위는 알 것 없다는 듯 남자는 가방을 고쳐 메고 발걸음을 재촉했다.

[기, 기다리시게! 요즘에는 영혼에 파장이 맞는 사람이 없
단 말일세! 자네가 아니면 난 머지않아 죽네!]

"제 알 바 아닙니다."

아무래도 그를 꾀려면, 꽤나 시간이 걸릴 것 같다.

『넘버원』 완결

소드 밀레니엄

FUSION FANTASTIC STORY
유왕 퓨전 판타지 소설

SWORD MILLENNIUM

세기의 마왕, 9서클 대흑마법사 아이작 네메시스!
그를 막아세운 검의 천재 소드마스터 카르안!
카르안의 희생으로 아이작은 죽음을 맞이하고…

"백년 내내 삽질한 것, 축하한다."
"크하하, 우리 둘 다 죽겠지만… 나는 천 년 뒤에 부활할 것이다!"
"지랄. 맘대로. 어차피 내가 천 년 뒤에 살 것도 아닌데."

그렇게 잠들듯 운명할 카르안이었지만
다시 살아날 줄은 꿈에도 몰랐다.
하필이면 천 년 뒤 문학소년 자하르로서.

「소드밀레니엄」

각성하는 검, 자하르의 길을 주목하라!

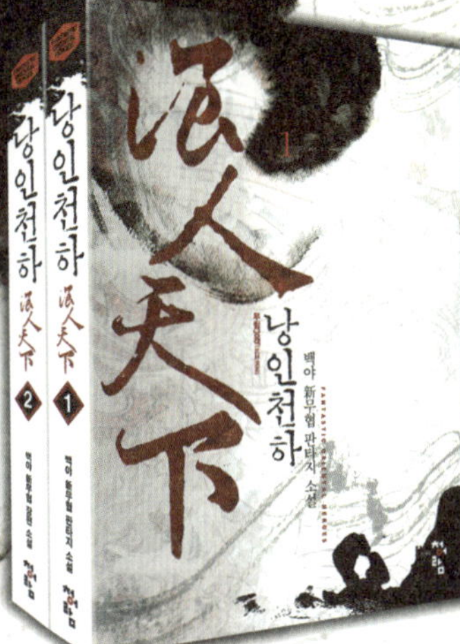

2012년 겨울, 전율적인 무협이 찾아온다!
정통 무협의 대가, 백야.
이번에는 낭인의 이야기로 돌아오다!

「낭인천하」

어린 아들 둘을 이끌고 유주에 나타난 낭인, 담우천.
정체를 알 수 없는 낭인의 발걸음에 잠자고 있던 무림이 격동하기 시작한다.

앞을 가로막는 자, 베리라. 내 가족을 노리는 자, 처단하리라!

사랑하는 아내의 손을 잡는 그날까지
한겨울 매서운 삭풍을 뚫고
낭인의 무(武)가 천하를 뒤흔든다!

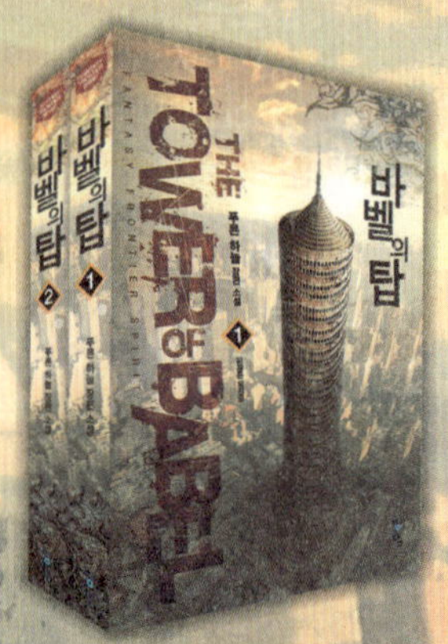

THE TOWER OF BABEL

바벨의 탑

FANTASY FRONTIER SPIRIT

푸른 하늘 장편 소설

「현중 귀환록」 작가의 놀라운 귀환!
새시대를 열 강렬한 현대물이 등장하다!

극서의 사막을 헤메다 만난 버려진 기지.
그를 기다리던 것은… 차원을 넘는 게이트!

「바벨의 탑」

하늘에 닿기 위해 건설되었다가 신의 노여움을 사 무너진 바벨의 탑.
그 정체는 차원을 넘나드는 게이트였으니.

바벨의 탑의 유일한 주인이 된 진운!
그의 앞에 열리는 새로운 세상, 삶, 운명!

억압하는 모든 것을 부수고 나아가는
한 남자의 장렬한 이야기가 시작된다!

拳王降臨
권왕강림
FUSION FANTASTIC STORY
무명서생 장편 소설